U0484937

水墨·倾城

安雪游◎著

时代出版传媒股份有限公司
安徽文艺出版社

图书在版编目（CIP）数据

水墨·倾城/安雪游著.—合肥：安徽文艺出版社,2023.3
（行走的徽州）
ISBN 978-7-5396-7394-3

Ⅰ．①水… Ⅱ．①安… Ⅲ．①散文集－中国－当代
Ⅳ．①I267

中国版本图书馆CIP数据核字(2021)第280612号

出 版 人：姚　巍
责任编辑：汪爱武　　张　磊　　　　装帧设计：尹　晨

出版发行：安徽文艺出版社　　www.awpub.com
地　　　址：合肥市翡翠路1118号　邮政编码：230071
营 销 部：(0551)63533889
印　　制：安徽联众印刷有限公司　(0551)65661327

开本：700×1000　1/16　印张：14.25　字数：210千字
版次：2023年3月第1版
印次：2023年3月第1次印刷
定价：79.00元

（如发现印装质量问题，影响阅读，请与出版社联系调换）
版权所有，侵权必究

序

言有尽，意无穷

就在一瞥的眼眸里已踏入了我的心，只恨自己没有找到一句绝世的好词，把潋滟在眼波里的景致活色生香地表达出来，那份婉约清雅，那份娉婷绰约，那份飘逸娴静，那份……让我只想温柔宠爱地百般珍藏，这就是我梦里沉沦千千遍的徽州，无论从哪个角度去看，都是随手泼洒而成的一幅幅水墨风情画卷，活生生地挂在江南。

谷深林茂中独树一帜的徽州建筑生动了整个徽州大地，直袭心头的是莫名涌出地感动和眷恋，仿似曾经穿过前尘旧梦来过这里。村落民居给青山绿水注入了沧桑的美感，数千年的积累与自然交相融合，生生息息，从来不曾改变。当站在某个村落深处，会觉得这是真实的历史，是曾经的存在，不是走进一段复制的定格片段里。黑白分明地粉墙黛瓦，突兀多姿的马头墙，透露出一种隔世的寡淡与恬静。在逝去的流年里，它们见证了一个家族几代显赫辉煌的过往，释放着岁月最华美的显赫和丰碑。如同一首首隽永的长诗，需要走进去细细品味和咀嚼，方能在弥漫的光阴里感受到这痴绝处的分量。

徽州，名字本身已经是一种文明的象征，不再是简单的存在。一方水土被赋予了丰厚的文化内涵，穿行其间，仿佛历经岁月轮回，感受到穿越时空的深邃和悠远，一步一步走得愈近，心中的敬畏愈浓。又犹如品阅留有墨香的老书，沾染一身的遗韵古风，书里有读不尽的故事，赏不完的风景。我总是放慢脚步，以免惊扰到旧日风物，亦生怕自己从迷失中清醒过来。

　　淬炼内敛是徽州的性情，无论当年是怎样地精彩绝伦，怎样地辉煌鼎盛，始终一副宁静安然的姿态。这也是徽州人的性情，不在喧嚣的人世里张扬，活得悠闲而淡泊。这一切，恰好满足了古往今来无数文人墨客追逐的田园梦想，但凡来过徽州，一定会不由自主地被吸附，原来，遗世独立的世外桃源在这里。

　　时光不曾消减徽州的美，怀旧的色调下，勾出所有诗情画意的引子，久蓄心怀的一泓浓郁的情感不可遏止地泛滥。离开徽州，不知该如何排遣久久不散的相思，试图摆脱已然暗生的心事，却越是更加铭刻；再见徽州，早已没有万水千山的距离，久违的亲切感无法掩饰，不由得愕然一怔，竟是这般发自肺腑的心生欢喜；忆起徽州，会写下无数阕有关徽州的词，轻婉地诵读时，发现徽州凝结在长长短短的句子里，每阕都是念念不忘地乱人肠。

　　我在徽州这方水渚里徜徉痴迷，它如陈年的醴醪让人沉醉其中而不能自拔，那一幅幅绵长的画卷就算是阅过千遍万遍仍意犹未尽，也许我无法捕捉住徽韵的精髓，但是揽入我心间的是对徽州的渴慕和敬仰，那份不解的徽州情结已生遍全身，我愿意在此停泊一生。

　　很多年以后的此时，我只想用文字来保存记忆中所拥有的这些美。以文字，抒情怀，且由着升腾的思潮，于情到浓足时，在每一寸山水间流泻着最真实的心声。

　　书中所有的图片，取材于徽州境内的自然景观、人文景观、民风民俗、历史陈迹等相关内容。没有电脑后期特技制作，没有改变原始影像，更没有任何的修改修饰。只想，只想让所有人知道，水墨写意的徽州，纯粹得如此惹人心动！每篇的注脚，或来自网络，或整理而得。

安雪游

水墨·倾城

目录

惹起平生心事
一生痴绝处，无梦到徽州 / 2
穿行一部凝固史诗，阅尽一段悲喜沧桑 / 10
雨弄霏微远村隐，雾雾溟蒙淡润色 / 16

寻常巷陌人家
云巢古木千章秀，花吐芳池一镜香 / 22
卧看绿苑花弄影，静观碧池鱼跃波 / 32
樵人歌垄上，谷鸟戏岩前 / 40

黄山白岳甲江南
一见倾城，再顾倾国 / 46
丹崖耸翠与云并齐，紫衣赭裳天下无双 / 52
瑶池丽水边，做一对人间仙侣 / 60

天上人间梦里
静夜玩明月，不知天上人间 / 66
穿越陌上红尘，误入一场世外仙寰 / 72
若只如初见，亦永不相忘 / 78

旧来流水知何处
花间酌酒邀明月，石上题诗扫绿苔 / 84
闲舟荡漾，一任春行展画屏 / 90
泉从山谷无泥气，玉漱花汀作佩声 / 96

淡妆浓抹总相宜

同上水心亭，任四序凭花事告 / 102

树树皆秋色，山山唯落晖 / 110

漫山遍野春色阑，无边光景共流连 / 116

繁华旧梦多少事

回首一段隔世记忆，赶赴一场民间盛事 / 124

离合悲欢演往事，嬉笑怒骂唱春秋 / 130

耀世锋芒惊鬼蜮，义气干云塞天地 / 136

都是江南旧相识

华枝春满，岁月静好 / 144

檐间阵马齐奔腾，万壑有声驰村野 / 150

淡云来往月落影，风恬晴和日初照 / 156

是真名士自风流

残山剩水知音谁？断墨枯毫着意深 / 168

路人莫问归何处，穿入白云行翠微 / 178

笑踏山水，且须回首一楼风月 / 186

闲看庭前花开花落

陶令黄花约，回归故园心 / 192

秋满蓼屿荻洲，隐映粉墙黛瓦 / 206

纷华敛尽伴耕耘，岩谷深藏冶媚熏 / 212

惹起平生心事

水墨·倾城

一生痴绝处，无梦到徽州
—— 一生痴，一生梦，一生情

（一）

很多的事情找不到原委和任何解释的理由，仿佛是前世未了的心愿。犹记第一次走进徽州，我的眼光总是找不到妥帖的位置停放，心生不舍，心疼不已。回眸顾盼间，前尘往事如云烟般萦绕纠缠，所见的景致清晰而熟稔，仅存的记忆不再被时光的影子遮蔽。我幡然醒悟，作别喧嚣，兀自穿过旧日光景，带着经年的守望，来赶赴今生固守的约定。

没有动人的开场白，却让来这里的每个人不经意间沦陷，再没有人可以从这里逃离，这就是徽州。不曾华丽张扬，却交织着浓墨重彩的篇章；不曾附庸风雅，却散发着独具一格的魅力；不曾恣意打磨，却积淀着深邃厚重的文化；不曾精雕细琢，却演绎着悠远辉煌的历史。

我踽踽独行，千年的时光在眼前交错，一切早已远去，一切又在瞬间重现。徽州永远游离于时间之外，身后的天然布景就此凝滞，任时光年催月促，不曾为谁而改变。风掠过我的耳畔，空气中飘浮着墨韵陈香，潜意识里有一种情愫让我不愿停下脚步。我穿过一条条蜿蜒伸展的青石板路，抬首仰望墙垣之上的檐角青瓦，我不知道自己在追溯什么。我拾阶而上，浮光掠影中，悄然进入黑白色调的老胶片里，一袭烟雨濡湿了整个场景，明暗斑驳中亦不曾冷场，我问自己究竟想要考证什么。我移步换景，每一处景致都可入框入画。我伸出手指顺着雕镂的纹路在空中比画，繁复的雕痕见证了曾经的文明，昔日的灿烂长卷没有散佚在深宅长巷，只需抖落堆积的尘埃和星霜，每一处景致依旧生动鲜活，历久弥醇。而我，到底又在打捞什么？

（二）

徽州承载着太多的故事，遇见，便不会再放手。只想怀着执着的情感，捕捉山重的沧桑、水复的流年，在无声无息中带走所有的记忆。我且行之。

顺着影影绰绰的人群，置身于羁旅的游人间，精心收藏使内心颤动的一处剪影，或是找寻一丝不为人知的萍踪，在纷繁杂沓中任凭心灵驰骋。喜极了这样的心情，喜极了这样的风景。

熙来攘往，眼睛不设防地被廊檐外的一缕光柱刺伤，散落满地的白光和我梦境的某处相接叠合，不真实般的缥缈却又触手可及，亦真亦幻间，思绪随着一路收集的陈旧痕迹飞逸。

诉不尽的文风昌盛，走不出的程朱阙里，目光所及之处皆渗透了儒风的余脉。以独特的地域风情留存着的徽州，毫无阻隔地一路穿越抵达至今，是一部凝固的历史，是儒家经典的释读，虽然经过岁月的浸染，却始终以一成不变的姿态来见证曾经的显赫。新安江是渗透千年古韵的脉络，在依稀可辨的过往里，它阅尽人事，任年代一换再换，依旧安然地静静流淌，如此持续了千年，还将会如此持续下去。

徽州便是这样的亘古幽远，便是这样的水远山长，不知从哪里走了进去，再找不到终点。不需付诸辞章，文字或许失真遗缺，而一个个静卧在葱翠山谷之中的村落则是最好的客观记录，曾经的文化气息、曾经的生活细节，搁浅在一庭一院、一砖一瓦、一梁一木中，在穷极华丽的雕饰里触摸到真实的历史。

从此以后，不知满足的梦境不再无法泅渡。

原来，徽州一直涸润在我的心头，绵延不绝，不曾干涸。

（三）

徽州，安然端坐于千年时光的坐标轴上，没有千帆过尽后更迭变迁的怅惘，始终如同生绢那样保持着本色和旧时模样，任时光流淌，从没迷失过自己。

黑白基调的格局，历经数年，依旧保存着古朴典雅、温润细腻的容颜，让人只想百般怜惜地收在眼底，抒写无限的遐想。再触目，就惊心，那悄然舒展的韵致，只稍稍上了淡妆，似白衣素裳的伊人，在青山绿水间娉婷而立。

伊轻如袅烟般地迈着碎步，在巷尾小径一闪而逝。我尾随着伊的身影，经过廊庑，立于穹形藻井之下的戏台中央，眼前的雕梁画栋灼了我的眼睛，再看不真切。恍惚中两厢奏起乐声，回环往复，在我的诧异声中拉开这出戏的序幕。伊的舞姿美到极致，我情不自禁转腕翻掌，慢招缓式地迎合着伊，一起在古老的徽调中蹁跹而舞。

仅一个转身，伊便不见了踪迹，周遭只有消磨的光阴。我黯然伫立，难道是我入戏太深，分不清戏内和戏外？可我分明听到远远近近传来的千年歌谣，分明感受到遥远的戏文里诉说的聚散离合……

无我原非你，从他不解伊。

我低眉的一瞬，伊又流转在前世的书卷里，

水墨·倾城

展颜向我招手,我是如此眷恋和伊相守的一点一滴。

　　迫不及待地打开线装的页面,里面写满了一段段有关伊的传奇,伊的千秋往事在字里行间生动明晰起来,世事和经历将一种历史的疼痛直沁入我的心扉。在所有的情节里,伊还是昨天的姿态,是数百年前的姿态。

　　然,谁又是谁的传奇?千年过后,伊还是从容娴静的伊,没有一点愠怒的颜色。我却已不再是来时的我,一发不可收地被伊的内蕴和风情羽化,那份入骨的欢喜早已泛滥成灾。

　　流年未央,只为伊疏狂!

（四）

年少时，最大的梦想便是做个煮字鬻文的女子，没人可以理解我对文字有多沉迷、多爱不释手。一直留块心田安放自己的闲情，将寻常生活倾注笔端，看如斯从容的方块字在文中自由地绽放，便心生清欢，这样的情怀时至今日依旧在延续着。

以为只有自己懂得自己，当踏尽徽州时，一生的孤寂刹那而开。水墨罨徽州，浓淡总相宜，是江南最负盛名的装帧，经久而不褪色；是中华民族不可或缺的文化瑰宝，纵身已千年却不曾老去。我坚信其间的风景亦是懂得我的，并以一种非同寻常的方式攫住了我的灵魂。

三三两两的白云自在悠闲，潺潺湲湲的小溪欢快流淌。遥见远处粉墙矗矗，随意用手搭一个框，处处堪画；随意走进任何地方，步步入画，景色美不胜收，安宁而令人神往。我再无法把持，内心如青藤一样地被攀缘，升腾起无限的灵感，沉醉于一幅幅慢慢铺展开来的泼墨画卷里，与白云共游，枕石饮泉，回归最简单的纯粹，而我则是框中之人、画中之景。

不承想这么一瞬的相逢，竟一见倾心，演变成最终的归宿，用始我一生、终我一生的光阴来守护这里。抑或我原本就是归人，血脉相通，与路过的风景曾有一段共度的旖旎时光，仅一对望，便撩动心思，就此拉长一生的距离。

静好岁月里，遇到徽州，情有独钟，摊开所有的行程，在生命的尽头都不能相忘的那份独钟！自此，我的视野被填充得无以复加，我的思潮不再泉涩，下笔生枝蔓，用文字铺叙，

写下我的一生痴，一生梦，一生情……

（五）

　　于是，清迥的苍穹下，有一个疏朗的身影，她放棹徽州的山水中，细细品读每一寸的风景，在淡然中捡拾一枚枚旧时光，找寻被流年侵蚀的缺憾。她拉开低垂的烟雨帷幔，拨动掩映的绿枝繁荫，于燕语呢喃间瞰一段陌上生活，于清风明月下吟一阕小桥流水，于薄烟暮霭时诵一首林泉之趣，于夜色阑珊里书一篇绮丽文章。

　　她用心游弋，不徐不疾地伫立于摩肩接踵的游人中，恰到好处地捕捉每一处的徽韵精髓；她淡若行云，徒步远足于无人造访的偏僻之隅，去触摸未知角落的恬淡静谧。或许，你与她有过一个短暂的交集，在某个巷口她曾抬手向你指点路径；或许，你刚才用指肚抚碰过的楹联，上面还留有她的余温；或许，你和她一样，途经之处，总怕扰了一份田园的宁静和自然的灵韵，悄无声息地来又悄无声息地去……

又或者，你未曾来过徽州，那么，我们姑且在她执笔将落、淡墨未凝之际，随她一起泛一叶兰舟，摆渡去寻真实的世外桃源；随她一起走进寻常巷陌人家，打开尘封千年的民间记忆；随她一起蹊径萦纡，山一程，水一程，找寻那渐行渐远的过往和故事……

注：有"东方莎士比亚"之称的明代戏剧家汤显祖留下了千古绝唱："欲识金银气，多从黄白游。一生痴绝处，无梦到徽州。"徽州，简称"徽"，古称"歙州"，又名"新安"。宋徽宗宣和三年（1121年），改歙州为徽州，府治所在为歙县，历宋元明清四代，辖歙县、黟县、休宁、婺源、绩溪、祁门六县，境内粉墙黛瓦，山清水秀，犹如一幅幅水墨画。徽州文化是一种极具地方特色的区域文化，其内容广博深邃，积淀非常深厚。

水墨·倾城

穿行一部凝固史诗，阅尽一段悲喜沧桑
—— 走进安徽中国徽州文化博物馆

置身博物馆，仿佛轻摇岁月之棹，穿行于一部深邃而永恒的史诗，在诗行里寻觅被流年浸染的缺失或显赫。遥远的过往就此凝固，古老的文明在此定格，徽州世事横跨千年与我对视，召唤着凝结在我心底最深处的历史情结，勾起了我浓郁的徽州遗梦。

一个人静静地流连，诗行散发着陈年的醇香，我独饮诗中的风景，重温曾经的历程。没有时光的距离，没有山水的遥隔，一步一步地走入千载春秋，原来梦中残缺的边角不再无法触及，举手投足间真实地出现在我的面前。一剪剪岁月缩影刹那回放，一件件馆藏物品陈设排列，这些独具地域色彩的意象符号告诉世人远古的辉煌和鼎盛。

在格高韵远的基调下细细品鉴，历史悠久的徽州近在咫尺，轻轻触碰便能感受到古徽州千年的脉动。不曾主动迎合，便扯动最微妙细腻的情感，生出无限敬畏；不曾刻意取悦，便撞击人心最柔软的位置，深深填满，再也无法割舍。苍老的徽州没有没落，而是无比从容地一路走来，散发着生生不息的生命韵律。经深厚的文化底蕴熏染陶冶，素来的学识涵养长期积累，形成了风采卓越的地域文化。任时光流逝，徽州文化一直贯穿着徽州的发展史，亦铭刻于华夏文明千古风流的篇章里。

世人艳羡的新安大好山水生动再现，一景一物反复临摹，旖旎多姿地铺展入笺。诗画里收存的徽州风光，绕过光阴的静流，淡雅中又见秀逸。遇见皆是欢喜，直穿透心灵，胜过万千繁华。落笔之处极尽婉约轻柔，即便是到处遇诗境的写意画风，即便

水墨·倾城

是随时有物华的道媚技法，皆晕染着温软缱绻的水墨风情。说不清，亦不可说清，怎就可以这样地对山水一往情深，如丝缕般不断地牵念。多少人久慕盛名而来，只为邂逅传世作品里的山河万朵，那一幅幅青山绿水间的景致早已成为江南最为经典的装帧，从来没有被人遗忘。

漫卷诗书反复吟读，曾经听闻过的故事流传至今，沿着岁月的年轮一路追溯，途经明清，看徽商演绎浓墨重彩的一幕。循着一条条古道，找寻徽商的踪影，他们在未知的行程里跋山涉水，在风雨兼程的绝境中逆流前行。帆影渡口边，搁浅着昔日繁华的风景，不容我摆渡，只余下斑驳的记忆。当年船来货往的热闹背景下，年复一年地上演着送别场面，即将赶赴天涯的羁客就此挥手作别，随着起伏的江水渐行渐远，从此故乡遥遥。

纵是世道崎岖，纵是奔波劳苦，驰骋商海的徽州人历尽千帆，闯荡出一片天下。凭着一份儒学修养，一份低调内敛，徽商的事业雄踞商界数百年，其精神更是铸就了一代中华商魂。只是锦簇的传奇背后，又有多少离愁堆积？倾尽一生，只为等待，这就是徽州女人的命运！难如人意，难以诉说，一直在守，一直在望……未尽的情感通过平淡的生活交付出来，将每一寸相思缝进手中的女红，细密的针脚遮掩住满心的荒芜；栽竹浇花，与流年对酌，岑寂的心年年添上一丝新绿，些许鲜活让易老的人生不再凉薄；数不清的日子里，透过天井之下的一缕白月光，回忆刹那的美好，以月抒情，把这份执念延续下去……

小心翼翼地品读，莫名顿生一阵唤醒生命的心潮涌动，模糊的不是封存的光景，是我的眼睛。一卷族谱容纳着本族本家的血缘世系和过往事迹，任世事沧桑，一代代

水墨·倾城

传下去；从记录的光影里可以寻到贯穿古今的文化脉络。族人们严格恪守着渗透新安理学的家箴族规，使得徽州古邑的民心民俗带着强烈的宗族观念，世世相承。我清晰地感受到属于徽州的根源和灵魂，那同宗同族的血脉源流，那一个个家族的瓜瓞绵长，更是诠释着一个民族奔腾不竭的生命力。

  历经不同的朝代，穿过风云飘摇的时节，徽州文化越发根深枝茂，有足够的阅历支撑起深厚的内涵和精髓。千百年来，孕育着一切美好的徽州，素有重文重教的传统。处丛山偏隅，亦尚儒崇文，一座座书院，赋予了徽州不同于他邑的性情和素养，昌盛的文风，晕染出徽州独具高雅的才情。这样的社会风气涵了徽州的每一个细处，一声稚子吟诵、一句精彩唱词，抑或是平实的生活气息，莫不氤氲着诗意的古风雅韵。世人循着研了千年的古墨，在空灵蕴藉的意境里，细细翻读群贤大儒的生平和成就，拂面而来的书香气息，似乎永远不曾散去。

  展卷阅赏，古风古韵漫溢，似借来旧日里的光景，徽州娴静不染地端然其间不曾老去。百转千回的思绪不知缘由地充满诗意，被攫住的目光随着流水人家游走，生怕漏掉一阕阕的美景。徽州村落犹如多年的古玉爬满了盛衰枯荣，经磐玉受色而凝结成今日的厚重，顺着温润的沁纹，来领略其间的风华。依山傍水的民居得自然的灵韵，经微澜的逝水反复漂洗，山明水净中越发清婉动人。这分明是熟识的故土，久违的亲切让归人的心再无法收拾，我坚信，我定是为多年的期许而来。信步间已站在厅堂，不张扬的民居积淀着丰厚的文化氛围，有那么片刻，我似在静候主人出来，与我吟诗作对。每一个平淡的细节巧妙隐喻，处处体现着一个说法，一种隐蔽玄机，寓意尽出，倾注了徽州人的追求和理想。

在借着建筑传承的历史文明里，徽州三雕总是主角，繁复满目的雕饰承载着先人的人生信仰及向往。徽州民居无处不雕花镂朵，精美绕梁，顺着花纹轮廓，窥探到早已风干的记忆，再现民间俗众的思想精神和审美形态。那细腻的雕痕与所要表达的情感融为一体，尽管被时光收藏了很多年，可故事和情节依旧鲜活清新，悄然绽放到今天。

穿行在这部凝滞的史诗中，即便是我的一个回眸、一个转身，似乎也需要浓厚的积淀。走过满载着文明的光影，伴随着各种纠缠不清的情愫，总因一种种源自古老的民族最深处的东西而动容。凡此种种，任何言语亦无法穷尽，只想这样静静地被吸引！

注：安徽中国徽州文化博物馆坐落在黄山市屯溪区机场迎宾大道南侧，占地面积157亩，建筑面积14000平方米。它是以"天人合一"为主导思想、以徽州文化为基本内容、以徽州地理山水为背景、以徽州建筑风格为基调的一组多功能综合建筑及一座徽派风景园林。

水墨·倾城

雨弄霏微远村隐，雾雾溟蒙淡润色
—— 徽州烟雨

细雨落英时节，行走在徽州阡陌，辗转复辗转，莫名滋生出淡淡的闲愁。朦胧着袅袅烟雨的徽州大地，一如打翻了的水墨在古宣上洇开，一点点地渲染着每一个角落，在记忆的深处研磨出厚重的文化内涵，在氤氲着的水墨画中找寻岁月的斑驳色彩，任撩拨出的缱绻情弦缥缈在徽州烟雨的流觞里。

满城墨酣淋漓，因着微雨而别开生面，寸心恰似被淅沥地打湿，仿佛一生的时光都在静候这场烟雨，一世的柔情缠绵在这泼墨的丹青里。不曾远离的气息一直泊在周遭，将每一个平淡的细节熏染得深厚绵长，酷似旧时相识的故梓，纵使阻隔了很多年，依然深深地扎根于心，悄无声息地演绎成水墨江南浓淡相宜的画卷。

霏霏小雨弥久地洒漫徽州，淡淡的，生烟；蒙蒙的，似雾。含蓄迷蒙的天幕下，迤逦的远山重峦苍茫，千家屋舍若隐若现，被恩泽的万物充满自然的灵性。茶园稀疏错落，曲径绕畦，草木凝珠，是徽州人在田间地头种出的一篱风雅。纤纤雨丝随风飘漾，无限深情地融入每一处。我迎风沐雨，极轻柔美妙的感觉拂在脸颊，悄然晕开内心深处的点点情愫，几分诗意，几多委婉。水濡墨染恣意蔓延，徽州被赋予温润的性情，俯拾皆是情味隽永的篇章，我亦成诗客，随手拈来无尽的诗行。独特的田园民风亲切又遥远，定是前生遗梦的地方，流露出太多往事。有无数话语百转千回，未曾停歇地盘旋缱绻在心扉，只想倾尽此情，倾尽此境，让那欲语还休的故事在今世来续。

烟雨霏微，水墨丹青中一片生机盎然的春色，漫步于雨帘中的我带着殷切的期盼，在古道里走过一村又一村。放下手持的油纸伞，喜欢柔风细雨在耳畔游走，有如酣畅倾诉。雨垂茂林，草木青碧苍翠。尖尖的笋芽儿拔节上升，吸着雨露的苔藓散发着旺盛的生命力，天地间最纯粹的美妙图景舒展开来。许是一份偏生的执爱，许是微雨飘飞酿多情，梦里梦外难辨的场景，就此镌刻在以后的岁月里。

烟笼远村，峰如螺黛，没有现世浮华，不见喧闹人潮，田园村舍尽显静谧与安和，让人不忍打扰。悄掩于烟雨深处的人家，保持着朴拙的生活方式，极富地域特色的檐角轮廓隐约可见。雨滴模糊了太久的光阴，潮湿了单薄的回忆，只有到了这里，不经意间发现世人向往的桃源就在眼前。漫入潇潇不歇的春雨，一城影迷烟漫，让我再无法拒绝丝丝缕缕织就的徽州。任凭轻绾的发髻被濡湿，任凭翻飞的衣袂被飘零的疏雨浸透，任凭周身被散落在旧宅深巷的古韵遗风填满。

墨色积染处烟雨溟蒙，似添了几笔深色，却再也挥散不去，这种境况，顿时相思萦怀。一刹那，陈年旧物逐渐苏醒过来，过往纷纷重回，留得住的，是烟雨朦胧间的徽州春色。这道风景曾在我夜不能寐的深夜反复出现，不需牧童遥指，我便顺着小径来到村口。蒙烟的柳树、嫣然的桃花，一如泅湿了的生绡，桃红柳绿地明晰起来。

经蒙蒙微雨的润色，娇羞的桃花绯红烂漫，一派锦簇繁春的景象。斜风轻拂，一树飞花，是春雨纷纷，还是落花簌簌？飘坠的花瓣雨落，如蝶舞……春色渐浓，醉亦渐生，身在其间不能醒，春景无声无息地攫住每个人的心。烟柳桃花深处，匆匆间遮掩住千年的村落，在几许

丝雨的拂拭下，不再是从前种种的落寞，而是呈现出清雅脱尘的素净。

雨稍停，薄烟渐渐散去，还原村落本来的模样。犹如卷起不绝如缕的雨帘，巷弄民居洗尽铅华，端庄地坐在深春的帷幕里，如我梦中的情景恰到好处地出现。心潮因了这长久的期盼，越发不可收地起伏难平，我亦如酒半阑，似醉非醒地痴痴寻觅。漫游在古意浓郁的村落，走村串巷，细数徽州的脉络，感受许久以前留下的生活痕迹。马头墙连着如墨的苍穹，清幽的旧巷无限延伸，静听昔日的名宅贵族诉尽平生的沧桑。遗世的村落独自细煮光阴，这里隔绝了人世的尘嚣，让人感受到触及心灵的涤荡，再也没有无法排解的惆怅。

时间太过久远了，偏僻之隅的村落充满了岁月的悠长，不经意便看到一份份人文生态的原貌；时光太过陈旧了，烟霏云敛中的深巷散发着回旋往复的记忆片段，我俨然是踏上归程的故人。浣洗如碧的青石板路蜿蜒伸展，让我柔软的情丝肠回九转，温婉的心绪尽情纷飞，捺掩不住地欢喜着。细长的巷陌交织相错，在转角的瞬间总忘记自己从何而来，似曾相识的光景，不知何时经历般地逆流。与素不相识的村人寒暄，当听到浓浓的方言时，才知真切地回到烟火人家。

暮色深重中村子俱寂，唯有廊檐的雨滴声不断，一路缓步徐行，生怕惊动这片宁静和安逸。初歇的暮雨欲下未下，更增浓浓的墨韵，那么淡泊依然，那么相逢如故。而我，亦驻足于时光深处，不设防地置身前尘旧踪。穿过青藤蔓绕的门扉，独对疏雨空寂的庭院，文人笔下的意境一一过场，勾勒出别样的真实况味。偶有一两只春燕倏然回旋在雨巷，从古老的墨笺中飞出来一般，翩翩衔来春泥在檐下营巢，将我引向空灵而清润的画意。

幽雨若有若无、时断时续地飘悠着，散出纤如丝雨的缕缕遐思，心生不忍离去的不舍，就此情牵一生。印象中的徽州便是这样，蓄了满天的烟雨，被浸没在水墨里，带着舒卷灵动的禀赋，淡烟流水地镶嵌在徽州的画屏中，数千年来从未改变。

注：徽州地处北纬30度附近的山区，气候湿润，雨量充沛，一年中有近一半的时间是雨天，且多斜风斜雨。

寻常巷陌人家

水墨·倾城

云巢古木千章秀，花吐芳池一镜香
—— 桃源人家西递

故道旁满目桃花，纷纷地开且纷纷地落，我踏着满径的落花，殷殷赶赴一场无法拒绝的重逢。辗转经年，几度梦里枕上桃花飞，一场遥不可及的相思经过深绵的酝酿，带着噬骨的痛，藤草一样蔓延缠绕。没有相聚的关切问候，一如平素般淡然安宁，只是心这样地静不下来，我更不舍收回视线。于是，我独撑一支时间的篙，穿行在厚厚的光阴里，触摸旧时光里最真实的——西递。

走进高墙巷陌深处，却也走进历史深处，散不尽的漫漫尘烟萦绕在眼帘前方，存在记忆里的不能剥离的陈年风物不再遥远。我分明看到，粉墙黛瓦之上的马头墙凌空翘首，我心随飞；层叠典雅的古宅素面朝天，饱含着底蕴浓厚的静美，不设防地盈满柔软的方寸。我急切地放快步履，念了又念的避世桃源，生怕来不及欢喜，随即消失不见。循着青石板路兜兜转转，才发现西递被时光掩埋得太深太久，在万千繁华中蜿蜒着厚重和辉煌，在一步一景间涌动出渗透骨髓的纯粹诗意。总有某些旧物，熟稔而凝重的气息让我瞬息泪流满腮，一任这样的情愫生遍，而无从收拾。

一卷诗书入目来，书卷上的题跋让今天的访古者一览无余，疏简古朴的作品附以飞檐翘角的装饰，不同凡俗妥帖地存放在门楣之上。这题写着宅名"东园"的石雕门额，留住多年前宅外宅内的一事一物，且上方置有扇形石窗，使门庭的风雅发挥得尽善尽美，让人忍不住走

进去细读，品味百年前的模样。入口穿过狭小幽暗的窄弄，仿佛徐徐拉开词的序幕，转过身，顿然的透亮让我错愕。明暗的转换让我发现，梦里残缺的诗行一角在这里，一副楹联、一扇漏窗、一块碑刻、一方天井……铺陈开来。独属于古徽州的印记符号，抵达内心的情感图腾，竟这般毫无声息地在生命里潜滋暗长，不可磨灭。

只要顺着家居的摆设，或是装饰的图纹，便可窥见主人建宅时的追求和理想。东园的厅堂布局紧凑，两厢门框上的木雕为冰裂图和五蝠图，主人意在教育子孙，经历寒窗苦读，才能求得幸福。据说东园建成后，宅主人将生意交托给下人，带领其子回归故里，一起闭门苦读。煞费苦心的妙思、独具匠心的设计，追溯出西递人崇尚读书的风气和传统。我穿堂过户，馥郁的文风不需捕捉，每每迎面扑来，浸染我一身的词香雅韵，惹我不时曼声吟哦。

西递在逶迤的群山中遗世孤立，处处楼台亭园藏野色，原来尘间确有这样一个乡间田园，用遗存的文明告诉众人，第一等好事只是读书。履福堂的金字楹联以这种非同寻常的方式昭示着先民将读书奉作立身处世的根本，在西递人看来，读书是件骄傲的事情。老旧而独特的楹联、赏心悦目的书法，使得整个厅堂尽显古色古香的书香门第风貌。重儒重读的文字虽透着历史的陈旧，却早已超越了时光、空间以及任何年代，被赋予深邃的内涵，植入世人的心扉。

不管是官宦人家还是徽商民宅，每个门堂都有楹联，西递先人将崇儒重教、人生修养、心灵独白等感悟浓缩凝练成寥寥数语，镌刻的文字后面蕴藏的是旷世箴言，启迪并指引后人。没有繁赘的语言，无须喋喋的教诲，朝夕相见中被阐释和演绎成睿智的哲理。后世终日耳濡目染，久而久之，得楹联的教化，在琐碎中保持一份通透，在精神上保持一份超脱。

依附于中堂门柱而存在的楹联，与布置摆设相契合，让人感受到格调高雅的传统审美。每副楹联都有所要表达的情感，仔细吟味，用得恰到好处。我的手指顺着一笔一画的脉络，

好似在与先贤比画，彼此不言自明。字字情牵，句句典藏，伸出手就可以触碰到的不是时间的凉薄，而是一段锦绣的记忆、一个家族的真实写照。

看到"漫研竹露裁唐句，细嚼梅花读汉书""春云夏雨秋月夜，唐诗晋字汉文章"这样风情旖旎的楹联时，欢喜之情不能自抑。一种纤细婉约的诗情蓄势喷薄，让我只想付诸辞章，融情进曼妙的场景里。很多年前，亦耕亦读的西递村人，虽遁世一隅，生活却亦充满怡然自适的雅兴情趣。凝露的修竹、高洁的梅花，任四季循环不息，于天然清隽的桃源之地，写诗作画慢煮岁月，何等闲逸和清雅！我感慨弥深，怡悦着我的遇见，把一副楹联采撷入怀，玩味无穷。

从唐宋遗风到明清三雕，西递的砖、木、石雕繁复精彩，庄严华丽之景呈现在眼前，寄寓不尽之意于烦琐的雕纹。每座宅院极尽精雕细刻，三雕都有所要传递的主题，一个明确的雕凿倾向，不管是祈盼幸福安稳，还是彰显壮观华丽，都通过完美的内容形式进行雕饰。定格的戏文唱本、民俗故事、先贤事迹等片段，如同戏剧舞台样地被细镂出来，强烈地感染着每一个观者，美轮美奂中又无不体现出儒家文化的特征。

日子不惊于寻常之间，传统儒学弥漫在百姓日常生活的每一处，在这样独特的环境里成长，儒家思想在每个人心中根深蒂固。西递三雕在炫耀门庭的同时，雕不离儒，是儒学思想融入世俗的民间典范。岁月见证的图纹以独有的艺术语言再现悠久的华夏文明，二十四孝故事在上演，汉族古代神话传说情节生动，名著里人物活动的场景构图逼真，暗喻福禄寿禧等各类民俗色彩的图案纷呈……

徽州自古弦诵成风，乡野民间人人皆饱学之士，西递除明经学堂之外，还有家塾、私塾及蒙童馆数十处。无论富穷、愚贤，浮生流年里潜读诗书才是饱满殷实的人生。桃李园即是一处私塾人家，幽雅独特的构筑，让封闭的空间采集到了更多的光线。遥想当年的学子，熏沐在学风盛浓的环境里，在先生的谆谆施教下，手不释卷地苦读。偶尔会抬头，透过天井观旭日耀晴空；或者，来到正屋南侧的庭院，赏花看鱼，院子里弥漫着桃李等果木的清润和香气；再或者，登上私塾厅的临园小楼，倚栏远眺，村舍屋瓦绵延迤逦，已有人家开始生火做饭，思绪随一缕炊烟飘悠到很远……

每每进入庭院，仿佛打开层层包裹，趋于封闭的空间蕴藏生机，曲折生姿处的美妙难以言说。利用紧邻住宅的有限面积营造而成的庭院，构思奇巧缜密，小巧玲珑而不失气度，静谧淡雅而不媚世随俗。独自置身故园，花团锦簇，绿色树木繁密茂盛，充满生命的活力。假山盆景的设置巧妙运用空间结构，造化出独具一格的审美意蕴，加之庭院门楣的题额，将古朴的房屋映衬得清新雅致。遥忆先人闲读诗书，诗意余韵不尽，游览小园景色，多少赏心乐事散落在深深庭院里。此时此地此景，着其气息便会沾染上无限欢愉，静默怡情，生活不再寡味，一切可以这样轻缓和闲适！

西园静坐于时光深处，门亭如框，幽深的庭院被捕捉入视线内，如含蓄内敛的女子，显中见隐，似遮未遮，让人不由得内心悸动。西园的两幢民居一字并排，形成狭长的庭院，宅主院内筑墙，以砖雕漏窗及拱形门洞相隔。整个庭院介于隔与未隔之间，前院一览无余，中院和后院隐约可见，若隐若现间，惹人忍不住循景移步。它小巧、精致、娴静、委婉，给简单直白的住宅添了一抹亮色。我无法抑制自己一探究竟的渴望，看尽每一处角落，追溯过往。有远古的气息漫溯过来，将我氤氲其中，是高雅细腻的松竹梅石雕漏窗，还是门罩上周文王访贤的石雕，抑或是后院的门额上所刻"井花香处"四字，让我如此错乱了时光？

西园咫尺之地将平淡简单的生活填充得颇有诗情画意，是艺术的表现，是对待生活的态度，更是西递私家园林极致的代表。在西递古民居的庭院中，随处可见古拙的题额和眉额，"枕石小住""步蟾""玉壶""莺春""半闲""亦园""吟风""清心""浣月"……单是听到这些名字，我已感受到意蕴悠长，昔日的乡儒雅士，用最俊逸的文字来概括他们的性情，每个字都动人心魄，每个词都沁入肺腑。传达意境的题额，道出了先人的寓意，恰似有意触动我的遐想，使我得到精神的愉悦和升华。

喜欢在西递的巷子里走来走去，直到难辨归途，我不知道自己到底在念念不忘地打捞什么。边走边寻觅，总会有某个微不足道的细节，在刹那之间，梦萦样地将我牵绕。迪吉堂、膺福堂、尚德堂、笃敬堂……那些奢阔的门楼无不显示着过去的煊赫，偶尔的一株瓦上草，又平添了一份落寞。斑驳的墙壁滋生出岁月的沧桑，引人感悟此间所经历的荣辱兴衰，曾经繁华旧梦多少事，尽落在市井巷弄。梁上偶有燕子筑巢栖息，场景似曾相识，只是那留不住的旧时旧事，早已湮没在寻常百姓家。

路过大夫第，精巧富丽的临街亭阁饱含风情，任何人来到这里都会驻足，被其轻灵飘逸的神韵所折服。我顾盼生欢，踏着轻盈的脚步登临，凭栏远望。屋舍民居连甍接栋，和村外的树木连成一体，一派郁郁葱葱的景象。白云围着古木飘绕，花香随风

熏染每一处，没有渲染重彩，不施脂粉抹香，薄装浅黛的模样美得不可言说。风景依稀似梦里筑起无数次的桃源，如此真实地存在于面前，让我只想静静独处，不被打扰。晚年辞官回乡的西递文士胡文照，以"作退一步想"的姿态，展示他为人为官的素养。他放下该放下的尘念，坐在临街的楼阁，沏一壶茶，捧一卷书，让往事在壶中越饮越淡。在下雨的午后，淡泊超脱的他与三两友人，轻谈那些年的江湖，想来，如此这般才是不可多得的浮生快意。

重檐翘角有如凌空飞腾，整块打磨的青石八字门楼、檐下门外的木栅栏门，以及两只硕大的石花瓶，让追慕堂看起来威严而宏伟。在徽州，作为崇宗祀祖的场所，族必有祠，无村不祠，其考究和气派也是一个家族向世人炫耀的资本。追慕堂的大门上绘着汉族民间流传且信仰最多的武将门神尉迟恭与秦琼，我穿仪门过廊庑，敞阔肃穆的正厅给人以不可侵犯的神圣感。脚下基地层层抬高，以突出最高一进寝堂的至尊地位。不曾想到，神龛供奉的居然是唐太宗李世民，聚居此地的明经胡氏竟是帝王裔！

《胡氏宗谱》记载，西递始祖为唐昭宗李晔之子，因遭变乱，逃匿民间，改为胡姓。真李假胡的李唐后裔在西递繁衍生息，不为世事纠缠，难怪村人虽居僻野山区，身为布衣百姓，却拥有澄淡高洁的不俗情怀。作为簪缨世族，这里的胡氏有着天生的超逸禀赋，傲睨俗世，在偏隅之地修得累世的儒雅，世人无不为之倾倒。

四周蓊蓊郁郁，西递，淡妆素衣地翩然其间，水色花影里，一袭招摇的桃红惊动万千过客，亦惊动了我。我和西递仿佛只隔着一场相遇，轻易便抵达遥不可及的梦里桃源，把自己就此搁置，再没有梦醒后的一枕孤寂。巷子深处吹来袅袅熏风，让我的思绪混沌起来，一味沉浸在缱绻情深的气氛里。

　　一个悄然伫立在红尘深处的村落，静默而不张扬，用自己的方式传承真实存在的古文明。西递，如一阕明净的小令，尽得纯真的词味，尘世的繁芜不曾将它掩埋，散发着遗世清高的气质；西递，似一壶老酒，经过近千年日复一日的窖藏和蕴养，历久弥香，醇馥四溢；西递，是一本陈旧的古书，如实记录着很多年前的民间写照，扉页开满了桃花，历经风雨洗刷，依然是最初的样子，任由时间打磨，保存着最初的性情……

　　注：西递，位于黄山市黟县东南部，距县城8公里，始建于北宋皇祐年间，鼎盛于清朝初期。目前，全村仍有保存完好的明清民居124幢、祠堂3座、牌楼1座，从整体上保留了明清村落的面貌和特征，被誉为"明清古民居博物馆"和"桃花源里人家"。西递是徽州古文化的缩影，木、石、砖三雕以及彩绘、壁画、楹联等处处彰显深厚的文化底蕴。全村现有古楹联90副，内容涉及读书、经商、为官、治国、齐家、修身、立业、和谐等诸多方面，内涵丰富，意蕴深远。西递因其独特的船形布局、悠久的传统文化、精湛的徽派民居、淳朴的民俗风情，被联合国教科文组织评价为"人类古老文明的见证，传统特色建筑的典型作品，人与自然结合的光辉典范"。

水墨·倾城

卧看绿苑花弄影，静观碧池鱼跃波
—— 画里人家宏村

寻常巷陌人家

　　隔岸临水观一场花事，一帘淡烟微雨的帷幕下，碧波红蕖花影朦胧，画桥跨水极尽缠绵地依偎着湖面。近水楼台倒影浮光，伴随年复一年的花开花落，闪烁着动人的光泽。千重烟云漫绕远峰近宅，一湖烟波浩渺倍添灵动的神采。如此光景是画非画我已分辨不清，只知道，我是画外的看客，步步而入精心典藏的一轴画卷。尽管被时光轻覆，彰显一派古典的娴雅，那一泓波光潋滟的南湖，依旧流淌着永不止息的生命之水，从来不曾枯涸。

　　经轻烟雨色的泗润，世人梦寐的宏村，成了一幅时光搬移不了的旷世奇画。老树繁茂荫翳，村落人家安枕在水上，南湖书院书香浮动，荷安然而生，满湖秀美姿色竟斑斓如许。细雨初霁，微风拂面，我一袭长裙，任由裙裾在脚踝飘摆，仿若如此这身装扮，才能应和这动人心弦的湖光山色。袅袅娜娜地踏石桥而过，波澜不惊的南湖平静而内敛，保持着没有丝毫浮华的素美，让人不由得密密地滋生出无限的温情，心瞬时安顿下来。湖面映着我的身影，平添的又何止是对视的盈盈笑靥，更是被唤醒了种种感动。鱼跃荷动，明净可鉴的湖面被吹皱，泛起微微的漪澜，弥散开来……

　　偶有小鸟掠过水面，发出欢悦的脆鸣；古木的青枝上爬满遒劲的苍绿；廊檐外的纸鸢徐徐升腾而起；一汪清泓之上的菡萏不俗不媚地映照花容……再不须描摹染色，

或是浓墨添彩，目之所及的画面引人入胜，备受众人推崇和欣赏。是经得住流年反复揣摩，落墨处处讲究的绝世佳作，供后人摹效鉴赏了很多年。不知是经年的光景让我萦怀，还是情之深处的贪恋，这场倾心的相遇，由着自己陷溺进去，再无法出来。

闲适的乡野生活被演绎成精致的江南风景，画面清晰如昨，随时可以选择一个地方，无论从哪个角度去看，俯拾皆是那随手泼洒而成的水墨长卷。村人的独特审美、文化的融会贯通，让其透露出来的气韵灵性举世罕有。一幅又一幅雅洁的纸面上，锦年的素墨一直未曾消失，渲染出的良辰美景里，委婉生姿而不轻靡。不经意处任随自然，流水如一条青罗带穿村过户，获得了生命的律动；抑或是煞费匠心地过渡给自然，起承转合间气息自如，感觉不到任何的缺憾。

走进宏村的巷陌人家，细水流年经过的路上，随波光斜影一起向前伸展，只是熟稔的风景竟渐次模糊起来。一颗素心如同清流轻微起伏，那目之所及的传统和文明不再遥远，以为再回不去的当年，一打眼，却正立在时光的水岸，最真实地呈现。亭台楼榭纵然有时光经历的痕迹，也依然素净娉婷地伫立着，许是被岁月打磨得太深太久，充满着无可比拟的醇厚魅力。一渠清水淡去了浮华，消释了倦怠的情绪，让失落的心灵慢慢地复苏，在流水白云间得到停留。

古水圳是宏村的经络，九曲十弯千家流水，沿着数百年的渠道潺流不息，延伸的是一个村落的历史。顺着水流便可打捞起昔日的风土人情和文化底蕴，巷穿水圳，水缠绕着民居和祠堂，曲曲生姿，保留了徽州文明之初的美好和追求。有碧渠指引，跨越万千红尘，过滤世间纷繁芜杂，尽情拾取一路的风景。

许时光温良地沉睡诸多的年代，一切如此静默安在，悠然的流水与纯粹的遗风交汇，使得宏村清逸而灵动。这况味亦触动我心深处，生起软软的柔蔓，向着蜿蜒有致的清流漫散开来。村人依水繁衍生息，家家门巷有清渠，每天干净如始，如此流淌了数百年。宏村的故事便这样在溪水的流逝中上演，光影交错中被拉成古韵，惹人慢慢地回溯过往。

一代代族人的追求通过水脉表现出来，他们赋予宏村无穷的内涵和意境，寄情寓意于傍水而建的一亭一榭、一楼一台。这座牛形村落虽静卧于古黟僻野之地，但临溪的民居栋宇鳞次，一户户人家紧紧相依毗邻，充溢着沉静和朴重，用岿然不动的姿态展示着当年的生活细节。尽管露出斑驳的印痕，可当推开承志堂深掩的重门时，那份奢华豪阔还是灼了世人的眼。整幢汪家大宅大气庄严，雕梁画栋，富丽到了极致，令每个到访者目眩，不知该将视线投向哪里。尽管是行商坐贾的生意人，主人骨子里流淌着的浓厚的儒家思想、文化意识和审美情趣却赋予承志堂丰富的艺术语言。三雕装饰细镂绮丽，布局营造精湛恢宏，处处考究，费尽

心思，无声地展示着不同于当今时代的风格，瞬息将我带进亘古幽远的最初。也许，我所需要做的，便是努力地倾听……

我穿行在牡丹花挂络下，沿着廊庑萦回，静坐庭前赏花木，俯首扬眉皆是风情雅韵。承志堂的偏厅水榭总是引得游人驻足称赞，一汪永不干涸的池水，隔了时间依然鲜活。池畔设有美人靠，可凭栏观鱼儿游来游去，可赏明窗"四喜登梅"图。区区方寸之地充盈着闲适和惬意，有着作诗绘画、题诗赏玩的雅趣，抑或是煮酒论千古、笑谈天下事的畅然。无论晴空暮霭，无论风云来去，这里不惹尘间世事，不为浮名所累。如此怡宁自得，如此情味无限，每个人内心最期盼的生活莫过如此。想来，当年的这位豪商历经种种艰辛，所有的追求、所有的寓意已集中在前堂下厅的一个"福"字上。安稳是福，没有饥饱冷暖的担忧，没有聚散离合的记挂，让人心生向往的终究只是现世的安稳。

水渠凿圳，汩汩清溪无声无息地滋养着宏村，让宏村变得更加秀美。宏村的先人一直在寻找与自然最贴近的沟通方式，倾注全部的努力筑就天人合一的理想家园。按先祖在宗谱中的记载，扩村正中的天然泉窟为池塘，形成如今环拥祠前的月沼。此风水泉冬夏泉涌不竭，如同我久蓄的心怀，不可遏止地欢喜着。弥望碧塘，锦绣翩跹，素面朝天的楼台叠院，纷纷投影于明镜般清透的水面。屋宇飞檐似浅黛的蛾眉，影影绰绰中上下映衬，虽淡妆轻描，然耐得住看，一如初妆的模样倾尽天下，被装帧成美妙绝伦的画卷挂在了江南。

月沼是源源不断的心泉，看穿我的喜怒，照见我的哀乐，让我受到前所未有的洗濯和涤荡。是夜，山野的清风徐来，只我一人伫立于月沼边，独窥天上月遗落在宏村。今夕的明月挥洒着如水的月华，周遭素洁明净，让人恍如置身在天阙。村落民居轻笼着似有若无的薄纱，温雅地端坐在水月中央，飘逸着一抹月晕，琼楼玉宇般地呈现在我的眼眸。不时，夜色随月移而摇曳多姿，孕育出无限的生机和活力。村人在月光的安抚下，世世代代栖居于此。月沼闪动着通透的光泽，让宏村保有天然的纯真，又诗情画意地装点村舍，达到清新自然的意境。

我是入画神游，还是遁入梦里？经过月光铺满的古径，晚风伴着流水清音，抵达的地方如此不真实地存在。夜的轻寒掠过，我敛裙移身，低回婉转之间，招云邀月同行。与我擦身而过的门庭如故，隔着门扉，庭院一定堆积了一地的月光，一定有人品茗作诗。看似寻常的门楼，却隐出另一番天地，乡儒雅士们匿在不受打扰的空间里兀自风雅，自在地畅享着风花雪月。

没有掩闭的剑琴榭庭院，月光侵满轩榭，从月沼引入一湾溪流，山石巧妙地堆叠，水声久久地萦绕于耳边。古木繁花，姗姗绿影，当云朵移过时，明月已被移植于溪水中，尽显野味横溢的天然之趣。遥想当年，是怎样任侠儒雅的先贤，精心剪裁出这般疏朗静逸的画意境界？那半榻琴书演奏出怎样的人间仙乐？是否曾就着琴声独酌一樽温酿？月下榭前，无数到此一游的天涯羁客又是否和我一样，刹那豁然开朗，低眉一笑间，再没有难以遣散的种种琐事？

轩榭小景尽落眉间，让我柔肠百转，再现梦里不停出现的亭台廊榭，泉壑还在，风月亦好。有天地为鉴，有流水为证，被陈年风物本真地记载了下来，时间还没走远，一切未曾离去。我倚靠着栏杆，反复翻读剑琴榭庭院的旧物，一种千言万语所无法承载的厚重就此植入在生命里。是四季应景的花开，是一年又一年春燕的归来，是日月星辰的朝夕相伴，是灯火阑珊处的依稀背影……让宅院历经光阴无恙地留存下来。浓荫月影，卧听泉声，静待花开，世人殷殷追寻的归宿在这里。景色愈是良美，愈是未察觉一夜无眠，直至月色弥散，天际已破晓。

宏村的人家讲究的是一种内敛，不是张扬；是一种含蓄，不是直白。深锁的庭院不论繁简，咫尺之内自有一番清幽闲淡。建于清嘉庆二十年（1815年）的德义堂，没有荼蘼谢去的陈旧，如品读一阕气韵高古的慢词，隐藏了千般情愫，悟不透，却能嗅到散发出的一缕沉香，无从抵挡地沉迷其间。绿苑紧凑而细腻，小巧而雅致，流露出怜煞人的小家碧玉容颜，偏生出默然的欢喜。静坐于水榭边，在明净清澈的堂前水塘中，照见了自己的年华，偶得一份清醒，再不愿辜负这一场花事。

西院墙上圆圆的窗牖，半掩着玲珑影廊，引猕猴桃藤蔓攀壁萦绕，再没有美过"花好月圆"这般寓意的景致，直撼人心魄。东院紫藤萝依傍院门，院内一畦菜地、三两棵果树、几只圈养的母鸡，让人俨然来到阔别已久的梦里家园。坐在厅间，不下堂筵轩楹，便可看到塘沿石条上的花卉盘景，芳菲春色悦目怡人。池沼边有一种民间称作"居乐"的植物，俗常的名字在我心里温存了许久。或许正是这样平实的居家之乐，让德义堂弥漫着经久的岁月馨香。

曲绕清渠，活水穿堂过屋，入室入庭，每处的抵达直接见证着宏村绵延的文化传承。顺圳而上，有妇人踩着水渠踏石浣衣，木杵轻举，静止的画面顿时生动起来。村人坚持着自己的民风和习俗，维持着原貌，轻裳罗裙的我好像回到了古老的年代，举手回眸间一副小女儿的娇羞。以至于总怕人声鼎沸的过客带来一身的世俗气息，游人纷至沓来的脚步会惊扰这份宁静安和。

深情执着的宏村人不为外界所动，年复一年，依然过着自己的日子，民居宅院里的一景一物是点滴的生活札记。在饰以假山漏窗的居善堂，在筑以厅前隐榭的碧园，在缀以亭廊水园的松鹤堂，在每个黛瓦粉墙的院落，筑池养鱼，暗香疏影，均以温文的姿态守住昨日的几许韶光。自以为将支离的流年片段衔接，殊不知蕴含的厚重积淀，早已让我思潮泛滥，怀着契阔之感，收拾流泻的文明源泉。

绿意正浓的盛夏，蘸一笔山水，笔墨点至铺展开的天然画纸，妙手绘就出的宏村，是水墨丹青中举世精绝的画作。于我来说，宏村一遇则一世，找不出任何语言来穷尽宏村的美。游走在其间的天下客，沉湎在古巷流水中，两袖温润，一盏淡茶，卧看闲花弄影，静观鱼戏浮云，不觉忘记自己的前世今生……

注：宏村位于黄山西南麓，距黟县县城11公里，始建于南宋，最早称为"弘村"，据《汪氏族谱》记载，当时因"扩而成太乙象，故而美曰弘村"，清乾隆年间更为"宏村"。古宏村人规划、建造的牛形村落和人工水系，是当今"建筑史上一大奇观"，是儒家文化和徽州当地文化思想影响下的东方传统村落的人居环境的代表。整个村落枕雷岗、面南湖，山清水秀，处处如画，被誉为"中国画里的乡村"。现完好保存有明清民居140余幢。承志堂三雕精湛，富丽堂皇，被誉为"民间故宫"。

水墨·倾城

樵人歌垄上，谷鸟戏岩前
—— 深山人家

极目远望，绵亘层峦的群山有如画布天成，云海静静地堆叠，好像一直泊在山巅不曾散去。白云生处的人家似随意挥毫勾勒而出，难以触摸地坐落于云端，与天空相齐眉。我恨不能烟波一棹而去，窥探翩然云间的仙居是否沾有俗世的烟火，坐守年华当真不惹尘埃？那闭掩的门扉里，住着怎样的得道高人，在烟云之湄静静垂钓人间的秋月春风？篱院旁，是不是有几丛淡菊，僻世的隐者安然地于幕天席地间卧云弄月，与菊对饮？这样的心念生起便迅速滋长，再念，不容深思细想，已步履不停地行走于一座座深山。

踏进葱郁的绿色帷幔，生怕打扰一草一木，古木掩映下的幽深，更让人有一种不可测的担心。我循径而上，枝叶间的光斑照在身上，我仿佛穿过远古的时光缝隙，静享一段如禅的光阴。清新的绿意让我心静气爽，不再让无序纷杂的琐碎束缚自己，舒畅地呼吸着草木的香气，轻快愉悦中卸掉难以遂心遂愿的世事，独守这份悠然清欢。

春意渐浓，路亦渐深，径道随着山间的坡度不断伸展，蜿蜒着美好而缥缈的意境。因我的到来，雏燕迫不及待地扑动翅膀，放飞般地聚拢迎来，还有茂林边的清溪一路奔流而伴。我这名独行的尘世客，再无暇顾及其他，任雏燕上下翻飞地围绕，听燕语呢喃，任溪水潺潺汩汩地欢唱，让心漪摇荡。枝枝蔓蔓营造的空间不施藻饰，没有丝毫的浮华世味，让我的心方寸间安谧淡然。群峰阻隔了喧嚣，走在一匝匝浓荫下，大有脱俗通禅的味道，惬意非凡的感觉难以用语言来形容。

入山唯恐不深，寻隐者唯恐不遇，时光已然在我的寻寻觅觅中过去。在重峦间越岭翻山，忽见山坞的平地处，茶园一派繁盛景象，绿芽始发，清嫩的颜色透露出一缕乡野气息。抬头，白云漫过头顶，隐约在林梢看到檐角的影，更显梯云人家的高远。远远听到林下樵唱，内敛着悠远的声调，我忍不住在溪边渔歌，古书里才有的玄妙诗

境真实地再现。声声吟唱将我牵引，这隐遁于自然山水的樵夫，定是遗世的真人。有那么一瞬，我分明看到前方的一抹浮光衣影，我不管不顾地找寻。穿过幽深的小道，蹚过清澈的溪流，衣衫被汗湿遍，怎奈四处青山环峙，我已云深不知处。

远山之中不时路过小小的路亭，每每在疲倦之际妥帖地出现，让我略作小憩。路亭饱经流年的打磨，丛丛杂草生于瓦缝檐角，却依旧纯朴地敞开热诚的襟怀。我在残损的亭内打捞过往的痕迹，独赏遗存风物的匠心，眺望不远处的风光，眼中更添了几分山野情趣。直白简单的楹联，内容如叙家常，吟读后又如参禅偈，顷刻间被点拨。偶见褪色的壁画掩于薪柴后，找寻不到任何的记载，我尽情收集沉淀的原始图案，民间的文化色彩悄然在任何一个角落上演。

日光拂过山涧，拂过茂竹，在林间自在地来去，满地的疏光碎影。我继续拾阶前行，视野顿觉开阔，阡陌层叠的通天梯田跃然眼前，绵延起伏间蕴含着语言和灵动，视觉的冲击让我对自然充满了敬畏。

两位妇人背着装满鲜笋的竹篓从我面前走过，我紧紧尾随，妇人们不惊不扰，安好的姿态让我坚信，无论时光几经偷换，这里静美如初。田埂篱笆旁，初生的青梅尚青，地面散落几枚被鸟儿啄下的果子，一方简单而安闲的世外桃源。有鸡犬之声响起，我情切地顺着疏篱曲径，穿过青藤古树，倏然而来的舒畅兴致袭满全身。

泊在悠悠白云里的深山村落不是茅舍陋室，而是独具古徽州印记的粉墙黛瓦，黑白分明地掩映在碧绿青山之间。翦翦春风里一座座有年代的老屋依山而建，重叠简洁，错落素雅地默守着流年。我一直站在那里，观墙头青瓦之上流云无涯，听徽风韵语诉一段水墨往事，浮躁倦怠的心被安顿。

一幅平淡无争的景象，超过了世上所有的美，却也是最真实的寻常人家。有流水引路，夹溪而立的深宅是村落兴废盛衰的梗概，精致的门楼尽显经年的奢华，屋角檐下的壁画传递着先人的思想和对生活的期盼。打柴归来的村人坐于临溪长廊，端茶说着闲话儿。亦有溪畔洗衣的女子，涩然一笑的模样就着千百年凝滞的背景，构筑成不事雕饰的卷中景。

推开深闭的门扉，厅堂天井透进一缕强烈的白光，接天连地晴空朗日，不曾与外

面的山水隔绝开来。有对堂前燕殷勤地绕梁筑巢，欢愉地盘旋在每一个转角，丝毫不畏惧我的到来，许是已泰然于这波澜不惊的日子。我不由得起心动念，欲归隐深山，避离红尘，安心此处，在重檐轩窗边，捧一卷书，听风声鸟鸣。

一个家族千年百代地在此繁衍生息，畅快地呼吸，单纯地生活，不受任何羁绊，在日常劳作中觅得一份真意和随性。纵使世事变幻无常，深山里的人家依然笃定从容，恬然自适地与云同栖，过着不被现代文明打扰的山居生活。时间在这里停滞，一切封存完好，随即而来的是悠远的古风，莫名勾起心中无数缠缠绕绕的牵念。

访道求仙无果，却没有失落横亘心头，只是返回走了很久，似有什么东西遗落在那里。回首白云飞，原来一颗素心被收留寄存，不觉间卸去红尘粉墨，沐在一片淡泊宁静中。不用担心这份安逸闲舒会受到打扰，只因，山门无须锁，已有云来封。

注：徽州有很多村落位于群山之中，依山而筑，随山势错落分布，层层叠叠，与山泉古木、密林修竹等融为一体，形成诗画般的山居村落。每每走进，顿觉再现唐代许宣平《庵壁题诗》中的山林隐遁生活，却也展示出了古徽州人的生活方式和独特审美。

黄山白岳甲江南

水墨·倾城

一见倾城，再顾倾国
—— 黄山雪韵

不经意间一幅群峰雪景图缓缓铺展开来,天遥地远间烟雪缠漫,抬头望去雪花弥天。后悔没有带来瑶琴和笙箫,在烟波苍茫的意境里演绎世间绝伦的音符;更是后悔没有准备好足够的诗囊,踩踏着皑皑白雪,将此景写进诗行中的一缕……

一阵凉风沁骨,心骤然惊悸,已分不清哪里是今朝良辰,何处是前尘旧梦。只放眼一触,便莫名地惹起平生心事,把心底最婉约的情愫深深折皱,沉溺其间,思绪绵绵,此后再也无法平展。

这便是让我一见倾城、再顾倾国的黄山雪!

不需任何外在的修饰,天生一副不受俗尘侵扰的神韵仙姿。素白洁净的容颜如匀施粉黛的美人明眸流盼,毫无红袖浓艳媚俗之感,脱去富贵脂粉的庸俗,自然地流露出清逸不染的高洁雅韵。那气势磅礴的山峰是玉骨,那破石而生的奇松是冰肌,迎客松正张开素手,欲诉说一段流年往事。如此倾城倾国之姿刻骨镂心,不只羁绊了我的脚步,也羁绊了南来北往无数游人的步履。

我打开窗子,轻扬似絮的琼华穿枝弄影,有一两片飘落入我的杯盏里,那一刻时光迷离深邃。想起了十六年前的那个隆冬,我第一次遇见黄山雪,雪下了整整两天,片片飞尽,不曾止歇。山上看不到行人的影子,那时的夫君还是个青衫少年,不顾雪已深至脚踝,领着我满山跑,任由雪花落在鬓发间,为我贴上银白的头饰。入夜,云散月出,我毫无困意,一闪身,茕茕孑立于云谷寺的山坳中,月雪映照,旷达明净的

水墨·倾城

人间仙寰就在眼前。清冷的月光洒在身上，我轻缓地踏雪，脚步亦如行文般轻盈优雅，恍然间如行走在岑参豪气俊逸的诗句间，尽情欣赏一树的梨花、一地的缤纷……

　　研一砚古墨，随意落墨，此时的天都峰素纱遮面，绽放着最旖旎动人的绝代风华。墨色浓处，高峻突兀的绝壁雄浑豪放；颜色淡处，淡施妆容而不艳媚。浓淡相宜的色调吸引所有人的目光，任何言语都不能及，唯留给世人最纯白的牵念。褶皱处的落雪点缀着健骨竦桀的峰体，深邃莫测的百丈云梯隐约可见，经天绘制的容姿不需要再描摹染色，便凝固在眉间，镌刻在心中，许我此生缱绻。

　　顾盼流昐间，心念悄然静止，不再郁积丝毫不平，与曾经的喧嚣隔绝。就这样，站在出尘孤寒的飞雪中，与漫天的飘雪相拥而游，看置于天地之间的天都峰雍容秀逸的容姿。晶莹透骨的雪花盈满天都峰，契合恰当的布景，为其增添轻灵隽永的格调，任谁都会心仪倾慕，不可遏制地被吸引。

尽管经历了生活的种种变迁，追忆起那场如斯美丽的邂逅，我依然保留着最初的心动和纯粹。其实，不知何时早已结缘，不需一诺相许，便执着难忘，贪恋了数年。那日，纷雪止歇，将霁未霁的景象营造出一种腾涌云飞的虚幻仙境。天都峰露出半边粉腮，天姿若仙的风骨寒烟凄迷，我分不清眼前的是行云还是雾霭，丝丝缕缕引起无限遐思，若隐若现惹我目乱神迷。倏然间，淡烟薄雾缭绕于腰间，长袖翻飞，翩然若舞，悠游的云絮低回于轻纱似的裙裾飘处，氤氲着一片乳白，举手投足间冠绝天下。一妆一颜、一颦一姿，极其温柔怜惜地被收入眼底，不承想无声地盘踞着我的灵魂，自然移情地吸附过去，就此启我一世相思。

凝眸远眺，凭栏久望，看似咫尺之遥的莲花峰凛冽于冰天雪地中，正盈盈素面地仰天怒放。我屏住呼吸，努力聆听花开的声音，纵有世事阻隔，纵有天然障碍，无语相对竟意脉相通，悄然传递心曲。莲花峰神清骨秀，静默中蕴含着的一种力量让我震颤，我强烈地感受到生命的韵律，一呼一吸间聆听到一个民族最深处的音符。不多时，周遭云雾弥漫，莲花峰随着云海泛起的微微涟漪而若隐若现……这场盛大的遇见，我

水墨·倾城

且撷取其清俊脱尘的天生禀赋，就着已经谙熟的曲调，将那矜自持的模样栽种进生命里，从此，永如初见。

时间一点一滴地流逝，思绪尽情而执拗地浮游，忘记了今夕何夕，忘却了身在何处。须臾，雪花轻轻拨弹，风为衣裳，雪作配饰，娉婷袅袅的莲花峰洁净无瑕。我瞬间感悟到其所要表达的世间物语，于是收拾起浮华的姿态，放下搁浅的心事，借着清风白雪，寻一阕宁静致远的偈语，以空明澄净的心境重新审视生命的过往。

几经辗转，我已静立在光明顶，立于飘雪枝影之间。凝睇身边的满树琼枝，找不到一丝肃杀的气氛，即便是雪落空枝，也不凄凉；寒云飞雪，心不会倦怠，反增添了一抹灵犀。这里绝对是最好的观景台，放眼望去，如鸟瞰天下，山川绵邈，一片锦绣。

面对山川风物良久，饱满之情推到极致，我努力地参酌和凝缩文豪们的诗作名篇，一字一句斟酌再三，都不足以表达我的情怀和感慨。我不是个遁世者，可是很想把自己冰封起来与之融为一体，踟躇眷顾，而不愿踏上归途。纵是素衣清颜，无须语言、文字和色彩的精致点缀，便让世人发自肺腑地酝出无限的诗情词味。我不是个礼佛者，当面对卷积千堆雪的波澜壮阔时，却不由得升腾起顶礼膜拜的朝圣之心。天际旷阔的千峰素雪绵延无限，迤逦相依偎，举目间顿生出一份对自然的敬畏，经雪霜冰雹的磨

50

砺而凝结成了今日的文明和象征。我不是个壮士，却涌出万钧之力，骤然昂扬于烟波苍茫的飘雪中心生放棹江湖的豪情壮志，澎湃着满腹热忱，恨不能仗剑起舞，意气风发地笑傲万丈尘寰，挥剑雄视壮丽江山……

我似已薄醉，湿了时间，凉了光阴，也退却了寒意，依旧沉醉不醒。回眸已远，唯一匝匝的倾心爱悦无从收拾，倾国倾城的绝世之颜就这般直贯人生的始末，让人深深地刻骨铭心，不负不忘！

注：黄山四季皆胜景，唯有腊冬景更佳。雪后的黄山美不胜收，冬雪初晴，壮美的美景雪韵和云海景观宛若仙境。明人潘旦在游览黄山后赞曰："玉柱撑天，琼花满树，恍入冰壶，不知人世复在何处。"雾凇是黄山冬季的著名景色，非雪非霜、晶莹剔透的冰晶挂满树枝，蔚为奇观。

水墨·倾城

丹崖耸翠与云并齐，紫衣赭裳天下无双
—— 烟云供养齐云山

一身素衣，不受尘嚣干扰，我和烧香求神的香客同行，以最虔诚的姿态朝山参拜。踏着被岁月冲洗过的台阶，穿过九里十三亭的登山古道，俯首张望着山水，顿觉心境豁然。阡陌纵横的乡村田园，沿山绕行的横江绿水，清晰地展露出一幅天赐的山水太极图。我屏息凝神，细细领略着自然奇观藏尽河山的玄奥。

　　以祈福禳灾成为世俗民众心灵神往的圣地，以自然景观使无数文人墨客纷至沓来，不负天下名的齐云山，让每个到来者如临仙境。桃花涧的流水源源不断地荡涤，洗去芸芸众生的杂乱纷繁，将心思净滤到澄明。我恣意舒展襟怀，忘却尘间事，倏来的愉悦让呼吸自由而畅快，在身心清朗的气息中步入道家的桃源洞天。

　　梦真桥之上，无数心生万念的凡夫信众，祈求神示把梦想装点。民众的朴素情感随着岁月发展已演化成民间习俗，并沿袭了千年。如梦如真间，隐约传来缥缈古雅的仙乐，悠远似又声近，我仿佛从红尘摆渡而来，泊在隔世离空的道场，触摸到了福地仙踪。一种超凡脱俗的意念潜滋暗长，忘记了身在何处，忘记了人世百态，周身瞬息被注入了酣畅自忘的灵动与洒脱。

　　一路沿途拜谒，烧香崇祀诸位神灵，祈盼赐福保佑。携带着信仰和人文看宫观祠庙，不由得喟然长叹，感慨此间经历的亭阁宫殿在岁月拂拭下的兴亡盛衰，生情于仙家人物在百姓民众间的广泛流传，咀嚼沧海桑田的变迁，领略在道教文化的林林总总，唯那碑铭石刻以不变的姿态与我深刻地交流。

　　当一天门内外的白岳碑林涌入眼帘时，犹如观看一场无声的时光默片，碑碣石刻经似水流年反复漂洗，没有剥落散佚，静默地告诉世

人那不曾遗失净尽的文明。我的目光随流转顿挫的笔画脉络驰飞，神思沉浸在历代骚人雅士所表达的情感里，顿觉没有年代的暌隔。绮丽的题诗游记纵情传递着对无双胜境的赞颂，摩崖的擘窠大字将齐云的灵秀蕴蓄其中，碑记题记则成为鉴别昔日的史料，昭示着曾有过的盛名和鼎盛。巨帧的书法碑刻历时久远，穿越了时空，延续着由淡而浓的记忆，牵引出一个民族厚重的文化元素。这些沉淀的文字印记似亘古以来便存在，和赤紫的崖壁融为一体，向后人展现它们永远的风采。

宛如城垣的真仙洞府山环水潆，无论晴天雨天，崖顶集成数条细小的泉珠绕石成帘般地散落，万斛流珠不歇不息地注入碧莲池。因南宋年间一位道长在此碧水植清莲而得名的碧莲池，常年清碧如镜，映着天光云影，亦将三面千仞高崖浸透池里。天设地造的宝地聚气而不散，得此吉气的荫庇，便可祥瑞多福。依崖临壁的多个道观香篆弥漫，诸尊神的仙迹传说盛传于今，信徒游人香烛纸箔诚敬地奉祀，在各路神仙面前顶礼叩拜，虔心地希望今后的日子百福臻临。

幽幻的仙洞似倚岩劈凿而成，每个洞穴巧妙地顺其自然，独具匠心的构筑丝毫没有遗失天人合一的审美。当年，一代代道侣来齐云山追求天地山水的大美真乐，他们归隐福所，遁居岩洞苦修参悟，身在清风朗月、涓涓水帘的仙都洞府，聆鸟鸣听清音，卸去了尘念，和大自然谈玄说妙，更是平添一份怡情超脱的趣味。我眼前余香缭绕，围绕着神仙造像虚无飘忽地浮游升腾，增了仙家之风。不经意回望时，刹那凝伫，身后乍现的气势神韵汇聚眉眼不能剥离，莫不是就此踏入仙途？一天门经天工制造的门洞形若象鼻，与青狮峰对峙，应了"狮象把门"的风水格局；仰视云朵堆聚的峰峦，不惊不扰，一派悠然以远的清疏境界，让人不由得回归到最初的性纯率真；偶有一抹云隙下露出日光，就在揽起衣袂，顾盼神飞之际，我分明看到瑞气升腾的景象。原来，传说的天界并没有遥迢的阻隔，一个回眸便悄然而至……

尽情探知遗存的历史痕迹，体会文豪的诗作名篇，我投入其中饱游饫看。群峰阻隔了浮尘，云雾卷走了浊世，我这处世的俗人穿梭在各个宫庙神殿间，景仰膜拜地点烛、上香、跪拜、求签、问卜。自以为远离烟火喧天，过二天门后仅几步之遥，意料之外地又回到世俗。迈入三天门，触目可见成畦成片的菜园、晒匾里铺展开来的农作物，以及简洁古雅的白墙灰瓦，一切独具徽州特色的风物和民情。站在月华街的中央，感喟丛生于丹崖环抱中的层楼叠院，道观和民宅仅一墙之隔，檐角处的炊烟裹杂着袅袅香烟，万千过客的来来去去尽显人间繁芜。我会心以对，嘈杂闹市便是道场，在滚滚红尘炼心，生命原本就是一场修行！

闲居月华街，白天的纷繁过后，静谧而安详。是夜，月出，参拜唱经声伴清磬轻落，楼阁深处淡烟微云轻绕。街上空空的台阶倒映着我的身影，月华洒满天街，天官府飞角重檐的门楼平添了一份华丽，楼阁道舍的大门漫不经心地半掩，漫出一庭院的月光。定是绵长的夜色酝酿得太过醇厚，让我目乱神迷地昏沉其中，久久不能清醒。

一直到拂晓，有如残酒酣眠，一缕绕梁之音惊动我的倦困，久违的感觉涌了上来。曲曲沁心，反复回旋萦绕，横溢出清新灵逸的气韵。我循声而去，周遭轻薄似纱般地朦胧，隐约在街尾弥深处，又似从对面的崖畔传来，流宕飞动的天籁仙音充塞于天地间。因看不真切，显得不似真实，寻寻觅觅中不知所往。逐渐迷失却妙在不言中，舒缓起伏的古琴旋律贯注其中，让心弦如此淡定，于是，我开始期待一场风生云起，与清风白云一起修炼。

天色渐明，放眼望去轻烟蒸腾，我被放逐到天际坐看云起。呼吸吐纳间感受到生命和天地互契相融，冥冥中一切蕴藏生机，彰显着勃发的生气。我在云端放牧自己，

水墨·倾城

烟笼雾锁下一切静如止水，身心得到修复。烟云在很近的地方，仿佛触手可及，与无涯无边的穹顶相连，似乎永远不会散去。不时铺天盖地翻卷而变，涌动着无限的灵气，很快淹没群峰，无声地润泽万物，让性情不由得宁静淡泊。烟霭奔腾飞动，仙乐婉转回响，呈现如斯惊绝的云天仙境，令人飘飘欲仙。

飞檐翘角的阆苑琼楼云遮烟绕，随手扯下一朵闲云，采撷轻盈的霞丝，再点上一炉熏香，气凌紫霞，举手投足皆是世人艳羡的神仙生活。我身着天衣云锦，乘鸾仙女般飘游，一片波起峰涌，众山崖披紫衣赭裳，或耸出，或迷蒙，或重叠……缥缈而多变，惊鸿照影的神秀姿色令人心动神摇。天赐的御用香炉壮观肃穆，炉身赤紫匀净，沉稳雄健地冲天仰立。炉烟烘熏，缕缕香烟袅绕不绝，清风吹过，我欲乘风归去……

一转念间的错觉，不过是虚幻飘忽的瑶台一梦，可那"山作香炉云作烟"的香炉峰却是真实的存在。隔着山涧孤峰耸立，几株枝繁叶茂的树装点着岩峰，峰巅之上亦浓亦淡的烟云自在游弋，丹崖与云并齐，炉体裹翠，真是一座天造地设的香炉。缥缈空灵的道教圣境让人心旷神怡，我自清欢，大片大片的云烟溢漫过栏杆簇拥而来，将我的性情氤晕得随性自然。放下所有的执念，发现几多心事随流云飘散净尽，过往的千端万绪早已云淡风轻。

古琴之声殷殷，低回缠绵却有着透骨的干净和纯粹，不须揣情摩意，回旋往复中不经意间被吸引。追着琴声寻来，流转指尖的琴者竟是和我一起投宿的女孩，她淡妆白裳地抚琴独坐，古色古香的线装本里才有的曼妙风姿栩栩跃出。借着秀美风景听几曲古乐，感受琴声袅袅绕齐云的清远意境，让心灵得到片刻的休憩。想来好风景被收入琴弦，意脉相连，琴声里又生出无限的景致，让我闻琴生出不沾任何世味的轻松和灵逸。传统文化最为推崇的温雅琴曲与齐云大写意的胜景妙合为一，汇聚成一种极致之美，静止了时光，我生怕惊动一丝云翳，抑或是错过一个音符。万语千言都无法形容的文明精髓与神韵，被演绎得如此淋漓尽致，我久久不愿抽身离去，只想把自己完完全全地归属进此情此景。

尾随着蜂拥而来的善男信女，进入气势宏伟的玄天太素宫，没有刻意安排约定，无意间参加了一场祈福法会。殿内铜鼎香炉焚烧的香烟大朵大朵地迎风随云，氤氲着渺渺的仙气，透过青灰色的殿脊，可以看到背倚的重重古木烟树。几位施主在尊奉的真武大帝神像前手持清香，默声地讲说祈告，希望借助神的威灵，诸事便可顺遂如愿。不同朝代的俗众，每个人带着不同的希求之事来白岳修福问道，做斋醮道场以祈祷福至祸消，拥有一份完满的期盼。道人们正设坛祭祷。他们合乐笙歌，悦耳不失庄严；他们伴乐诵唱，遒亮不失神秘。道风濡泽下每一件物品都被赋予了神圣的灵气，每一个微不足道的细节再现传统祭祀文化的程式礼仪，一代又一代的朝圣者，在绵延的香火熏染中滋生出一种无法替代的情愫。

作为古时的皇家道场之一，玄天太素宫殿宇辉煌，一直以灵应昭著盛传于世，成为无数信奉者的朝觐圣地。缘于此，旧时，朝山者们祈禳之初要沐浴斋戒，洁身清心以示庄重和诚意；来自各地的朝山香会进香时，均锣鼓开道，旗幡迎风招展，爆竹声声震耳。香汛期间，朝山香客摩肩接踵，上玄武头香，游玄都妙境，热闹的场景收藏在古徽州的记忆里。

穿长生楼而过，曲径通达之处竟是绝壁断崖。我无从考证崖壁上远古的原始图案，只是觉得蕴含着恒久和神灵的气息。镌题"小壶天"三个字的古坊奇迹般地矗立在窟侧和危崖之间，站在葫芦形的门洞内，若置于壶中，抬头可以看到一朵朵悠云变化多端。梦里千寻的地方尽在这片壶天风月，栖一片白云，听过耳的风声，把心毫不设防地泊在蓬壶深处。心性与万物默默融通，任世间风起云涌，亦自得于一隅壶天福地，契合了世人隐藏的心态。壶天自春，方寸之间风光无限，尽可以无拘无束，逃避忙碌，放松心灵。小壶天不再是个简单的存在，咫尺之内藏乾坤，烦恼纷扰全部熄灭，入壶安一世，与世静一心。

　　随心而行，与每一处风景灵犀相见，摒弃了浮躁和张扬。齐云山的神奇秀美，没有随时光的洪荒逝去，出现在诗人画家的妙笔下，亦不动声色地留驻高道来往的步履。当年一代宗师张三丰离开武当，云游各大名山后隐修得道于此，定是齐云山的绮丽风光让他凝眸停留。真人虽已羽化多年，其遗风尚存，功德显赫流芳。深邃的道教文化融会齐云胜景，何时何境让我不觉蜕变成了另外一个自己，只想保持自己的本色初心，不惊不扰，在风景里感知一份入怀的明净和通透。

　　依山借势的玉虚宫回归自然，又超越自然，完美体现了建筑和自然的和谐之美。它仿佛一直旷日持久地伫立在那里，让人不由得产生一种地老天荒的永恒，充满了敬畏。烟岚萦绕仙阙，祥兽龟趺驮着石碑，紫霄崖似有万钧之势，集中于精美的宫观，一发而不可收。玉虚宫被自然赋予了生命和力量，它成为信众朝拜的祈福延寿圣地，它成为彰显天道自然的道教建筑典范，任时光荏苒，磅礴壮观的风骨依旧。

　　晓浮暮沉下的玉虚宫，经巍峨雄浑的崖体映衬，显现出独特的魅力。精琢细刻的三座门坊保留了最初的模样，神鸟异兽的浮雕图纹溢满了神的灵性，那些古老的流传还在延续。宫内即是岩洞，这天赐的宫观和崖、石、洞相融，别致的神龛竟是巨石稍加劈凿，裸露的岩石上三位仙人驾鹤飞天……一切顺应自然的设置，一切归于原始的风貌，虽隔了时间，刹那返璞归真，彻悟心源。

随处可见迎风而动的祈福丝带，密密地排满并延伸，载荷着各种善良美好的愿望。喜欢以这样的方式来许愿祈祥，道之玄妙不再难以体悟，化作条条丝带，大道齐云山。世人缘承源远流长的齐云香火，把情感交付出来修一生的尘缘，在不可预知的未来，享受绵厚的福祉！

注：齐云山风景名胜区，位于休宁县城西约15公里处，古称"白岳"，与黄山南北相望，风景绮丽，素有"黄山白岳甲江南"之誉。因最高峰廊崖"一石插天，直入云端，与碧云齐"而被明嘉靖皇帝敕名"齐云山"，清乾隆皇帝称之为"天下无双胜景，江南第一名山"。齐云山是一处以摩崖石刻、道教文化、丹霞地貌和田园风光为特色的山岳景区，境内三十六奇峰，峰峰入画，七十二怪岩，岩岩皆景，道院禅房为营，碑铭石刻星罗棋布。明万历以来，齐云山一直位列中国四大道教名山，供奉真武大帝，是明嘉靖皇帝求子之地，成为江南第一皇家道场。以嘉靖皇帝敕建的"玄天大素宫"为主体的月华街一带是道士和香客向往的圣地。云岩湖景区内的石桥岩，堪称齐云一绝，为世界三大天然石拱桥之一。

水墨·倾城

瑶池丽水边，做一对人间仙侣
—— 恋上翡翠谷

霎时凝眸，我这俗世里寻常的人间女子，竟这般不设防地闯入了天上宫阙。顾盼间，岚霭纷纷，光彩流离，一派绰约仙姿。清丽灵性的溪水轻盈流淌，曼妙地发出环佩叮当的音符。溪涧曲折婉转，犹如一缕玉罗带悠缓飘忽在谷中；青翠碧色的潭池则是一颗颗的翡翠，恰到好处地镶嵌其间。如许展尽天工美景，亦真亦幻难辨，心不设防地漏跳几拍，受此情绪感染，触景而生的感叹滞后于心动的妙想。

风吹起，微寒，一只充满暖意的臂膀轻绕我肩，沿池畔石径迤逦同行。伴着潺潺水声，任诗意流泻在周身的每一处，展开的欢颜一如细碎的涟漪，微澜于眼角眉梢。一池池的绿意，深浅明暗中穿透到底，没来由地便深情恋上，生出婉约绮丽的心思，步步渐入诗行的旖旎绵邈。

翠碧莹莹的花镜池，蓄积了一泓充满生命的颜色，只一眼，便唤起以前所有的回忆。对镜看双影，两两相望，镜花水月不再年少，早已看不见旧时光里彼此的模样。镜头里转换着过往的回放，曾想做个行脚云水的禅僧，用清净慈悲的心怀，踏遍万水千山，去领悟禅味。可有一日，遇到了一个日后成为我夫君的男子，我开始执着于情爱，无比迷恋他带给我的贪嗔痴欲。许是他给的爱太美，我放下曾有的念想，不再自矜自持，在这个男子给我的安稳岁月里，我用真诚供养我们的爱情，并恭敬地祈祷这份爱情会圆满到老。

多少人掩于岁月深处，临窗自语爱已荒芜不再，殊不知，待到回首，才悟出另一种烟火的美丽。相守偕老，眸底依然倾尽所有的温柔，明透到一眼就能看到眸底的爱意。

揽镜而照，一番情思随花镜池水的灵动展现出来，一念及暖，再念清欢，鬼刻神劙的天然之美将这份爱涤濯得洁净无瑕。我扬眉欢喜，许满满的一池情怀，让多年执着不舍的爱情光彩流转，永远这般鲜活。

与可意的有情人厮守一生，再不用一个人独对秋凉，赋予彼此一份安心的暖。一直以来，这样的情愫将我牵引，不是习惯使然，而是不知何时，已悄然在时光深处潜流着一种沉迷。沉迷于在一双干净的眼眸里看到明媚的自己；沉迷于流年偷换的韶华一直被一个人好生收藏；深迷于茫茫人世间，拥有鹊桥渡尽才得以相见的缘分，因缘际会地遇见，结缘，就此做一对真正恩爱的夫妻……当执手携行走过情人桥时，我和夫君相顾一笑，无言的幸福恰上心头，俨然一幅刻画生命的风景。

无数的年轻人来到情人桥，临水朝拜，锁住一世情缘，希望成为所有男欢女爱的传说故事中最心心相印的一对。这是天然殊胜的一帘幻境，轻烟薄雾，丝丝缕缕地在山峦之间飘舞，水色明艳，惊艳了世人的目光。我再无法把持，顷刻，意如流水，一寸一寸地浸染成绵绵柔婉的情丝，潜意识的爱不由得升腾而出。我握住夫君的手，紧紧地，生怕会松开。温热的指温传递过来，穿透生命的依恋早已深深夯筑在平实的生活况味里，只盼倾尽所有，白首不弃。

同心锁环环相扣在桥身，互相叠合缠绕，吸纳水湄云生的山谷之灵气，成为情侣们最虔诚的心灵寄托。成双成对的恋人，于此时的一刻，爱浓情深地共锁同心锁；于彼时的一天，可以伉俪情笃地收到许下的心愿。一程山水，一生期许，天长地久的爱恋被诠释得淋漓尽致……

且共从容，静听松涛竹吟，共赴一场尘缘。"明月松间照，清泉石上流。"当目光穿过镌刻在石头上的诗行时，我恍然有所悟。晓浮暮沉下的林谷溪涧，尽显清幽怡然的意境，不自觉地便陷入山水的禅意中，心灵被洗濯得纯净澄澈。我已懂得容纳喧嚣和浮华，懂得平淡中蕴蓄着深情，看疏影扫阶，观水里养云，体会着生活的浮沉带给我的记忆和无悔。

溪水生生不息地流淌，如同人类生生不息的爱，无根无茎，却栽种在每个人的一生里。在青山流水间，渴望这样的境遇，和永远的爱人临风对月，共享两个人的地老天荒。月洗尘嚣，夜煮情丝，清樽夜话到天亮，静静垂钓一辈子的风月，原来，与流年共老才是最长情的告白。

脚步向着更深处漫溯，抬头，惊鸿一瞥，那姿态宛若半敛半遮的美人儿，揽尽绝代风情。淡妆浅鬟的模样，惹我远远地凝睇，远远地流盼。当我走近时，玉环池尽现眼底，美妙的天籁似仙乐飘飘，翩翩舞素练，踏水戏碧波，几许天生的袅娜，几许出尘的神韵。万斛飞珠坠落池涧，我不知道，点点晕开我思绪的是映在水面上的丽影，还是与历史人物相连的千古爱情绝唱。

爱情这出戏，尽管被人传唱了很多年，却不是几句精彩的唱词可以概括得了的。一直以来，喜欢两情相悦，终成眷属的结局；喜欢弱水三千，只取一瓢饮的忠贞；喜欢共结连理，就此枝枝蔓蔓交错缠绕，永不分离的相伴。想起，初为君妇时，为自己编排出无数的人生剧目。只是所有的尾声都相同，要和那个爱我如己的人儿缠尽一生，赴一场终老，那坚实的臂弯是我戒不掉的依靠。

　　一路演绎下来，一池池的丽水莹澈清碧，如爱泉涌。在光线的折射下，似珠似玉，呈现出应时应景的不同彩池。我不禁莞尔，蓄积的爱意袒露在色彩纷呈的人间瑶池，享受自然执笔的一份细水流年。池光倒影，一抹生命的底色扣动心弦，待霜染白发，一定一起看四壁云山，听涓涓水流，享尽生活的完美。

　　用心领会到，溯源久远的爱情箴言就是一个字——爱，炼丹台的坡岩上刻有"爱"字石刻，来自四面八方的人们虔诚地在此合影留念。有"爱"为证，所有流传的故事并不遥远，或许，悄然间已成为一段回肠爱情里的主角；所有的盟誓并不虚无，意外的相遇、自然而然的相依，爱的脉络就此细腻婉曲地渗透整个人生，与生命等长……

　　注：翡翠谷又称"情人谷"，位于黄山仙都峰与罗汉峰之间，素有"天下第一丽水""美好情爱圣地""黄山第五绝"之美称，是黄山脚下最长的一道峡谷，纵深约20公里。谷中之溪名为"碧玉溪"，源自炼丹、始信、天女诸峰。翡翠谷中怪岩耸立，流水潺潺，气势非凡，峡谷中分布着大小彩池数百个。文中"夫君"这一很老套的叫法，在我的文字中出现了很多年，总改不了口。很多人都说，但凡我在文中提起"夫君"二字，他们看了都有说不出的甜蜜。

天上人间梦里

水墨·倾城

静夜玩明月，不知天上人间
—— 徽州夜月

（一）

  裹着一缕清风，怀着几许惬意，携着满满思潮，与练江安静对坐。四顾廓然，明月皎皎，华美的月光似最柔美的醇醪，洒落在周遭的每一处。我亦被沾染上一襟月光，微醺，入梦，醒来，望月，似幻象？似梦寐？直令人僚僳。

  盈盈一水，相隔遥望，此时的西干山麓被月光蒙上一层窗绡，透过薄纱隐约看到其眉黛低垂的模样。在流光过隙的光阴里，它被装进了太多的过往，忆起竟已是这座千年府城的全部历程。于是，把千丝万缕的情感、世间百味的心事，寄清风明月，借一枕流水，向世人默默叙说。

  清远的檐铃声声传来，临着风、沐着清辉，流淌入我的心弦。月圆，洁净，澄心静虑地聆听一份明净，在空灵的意境中感悟丝丝禅意。曾经，西干山有数座寺庙，香炉高筑，晨钟传垄上，暮鼓唱晚樵，梵音佛乐不绝于耳。古刹历经几度废兴，寺毁塔存，流年的碎影了无痕迹，唯云水间的长庆寺塔亭亭耸立，飞檐翼角下的铁风铎风抚扬音，从迂回绵延的铃声里隐约感受到昔日的天竺遗韵。

  天空澄澈，纯净无声的月光缥缈凝辉，练江水一片银色，浅滩沙汀，塔影桥身，明月无缺，如此人间殊胜，览尽万般旖旎，不染尘世雪霜，很容易便不知自己身在何处。倏然，水天缥缈间，练江水搅碎月色，太平桥惝恍飘忽，超凡脱俗的极致之美令人再无法抗拒，由着自己陷溺入这轴舒卷灵动的画中，吟味不尽。

  醇厚的月光下，我已如酽酒之醉，独立天际的那轮明月不再可望而不可即，酣然间，竟迈起凌波微步，衣袂飘然地欲乘风奔月。难怪傲然自得的李太白看了新安歙县人许宣平的《庵壁题诗》，大呼神仙诗也，其间一句"静夜玩明月"，惹多少人流连这般曼妙的场景，时间和空间纷纷湮没于各自的投影里，再没有任何界限，再分不清天上人间。

（二）

　　剪下一段不曾汲汲忙忙的心境，只为留存于梧桥夜月下。

　　横云，斜月，是一弯瘦削的上弦月，熏风拂面，夜静旖无声。

　　随影不离的轻风澹月下，我沿着明经湖畔，舒缓而畅然地行走。临水便添了一抹身影，大有穿越尘世的静谧，隔世离空地走进一段徽州往事，在陈旧的老时光里寻梦。跃入眼帘的始终是一份悠远的素雅，半遮颜的夜色在飞檐翘角的映衬下顾盼生姿，唯明晃的红灯笼为含婉的佳境添妆。尽管在心里早已描摹出月下的绝妙姿色，没想到竟还是如此动我心弦，稍一触及，就把我的心收住不再游走。

　　风轻水吟，湖面似流动的横眸，柔波里光影交叠，楼阁牌坊的轮廓线弥散开来。月流烟渚，喧嚣和浮华以及闹腾的琐事渐渐隐匿，思绪囿于沉淀后的静止状态，只有夏夜的气息穿过我的呼吸。悄伫水湄桥头，流水穿梧赓古桥而过，无须找寻一个厮守的理由，彼岸的月光已温润了千年，如今依旧熨帖着每一处。且让我沐在这场锦瑟般静好的光景中，一任深情绵邈。

　　循走马楼一侧的楼梯而上，踩踏着无数人曾走过的回廊，见证一段久远的显赫和辉煌。我知道，多少年来，一个个背影从这里走出去，一幕幕故事在这里轮番上演，应时应景的夜月更是承载着一代又一代西递人的梦想。我斜倚栏杆，在此背景的烘托下双手为杯盏，月光为茗，慢啜静夜熬煮的一味茶。清流潆绕，曲径长廊，细细品味着其间的一景一物，我和它们有灵性的相通，彼此用无声之声互诉；又似与时光对饮，追溯往昔，看尽四时景色。

不远处，青山隐隐，阡陌良田，村口有一对竹马绕青梅的小儿女欢快地捉几只夏虫，或扑忽明忽灭的流萤，铺陈出一幅田园山居图。天然无饰的乡野古风漫过来，这样安宁闲适，这样轻松写意，我不由得萌生出一种归属感，再拂之不去。

（三）

一丝凉薄中，我伸手触摸姗姗而来的一轮新月，迎顾之际，清疏的月光在指尖流溢，在措手不及间，月光已迤逦不断地缓缓蔓延于木坑幽谷深处。

顺着一径曲深的小道，在空灵的意境里行走，霜华凝重，层林尽染，竹影遍地斑驳。夜风如箫，声到之处掀起层层涟漪，波澜起伏的竹海轻吟浅唱，似笙歌缕缕。我陶然忘步，一往情深，将心灵毫无保留地放逐于这份自然仙籁中。

月光下的竹颀长清峻，带着遗世的清高和超然的优雅，荡尽长夜的寒寂，以俊朗的姿态、壮阔的风骨，沿着流年的脉络，日复一日地挺拔而立。文人墨客们向来无竹不欢，借助竹来

展现各自一生行尽的世间况味，在载文传世的诗词歌赋里，总能寻到淡墨修竹的影子。也许只有这样，才可以让后人从字里行间中追忆他们如竹的君子之风，因为竹于他们来说，早已融入血脉，不可分离。

凉月倾泻无余，细细浸润万顷碧波，余音仍不绝如缕。我耐着夜的寒，任凭手指在空中轻拢慢捻，没有琴瑟筝筑，没有宫商角徵羽，只想在这场与木坑竹海因缘际会的风月下，和着这孤清绝俗的人间阕歌，曲意相通，长乐未央！

不经意间抬头，摇曳的竹梢正在慢慢聚拢，擢秀相依，风情袅娜。月光恰似有意地提醒，生命瞬息被激醒，被岁月雕琢出的沟壑荡然无存。于是，将过往的人生行程轻绾入囊，退去曾经的倨傲，抹去浮躁的情绪，今宵的我已不再是昨宵的我。

高洁自持的月，生生不息，濯沐万物；经霜不凋的竹，凌风扶疏，一身劲节。在恰好契合的意境里，不遮不掩，小心地翻晾自己，任月光堆砌，任时光生凉，吸纳自然之精髓，以清白浩然的风貌傲立于天地之间，以高风峻节的风姿成为倾尽一生的写照。

（四）

多少年了，一代又一代远贾异乡的徽州少年郎，心里葳蕤生长着一个梦：有朝一日荣归故里。彼时，将是他们最好的人生写意，旧时相识的家园不再遥远；彼时，一定是春事烂漫的时候，可以折下村头一枝肆意绽放的桃花；彼时，于长空明月下，带着盈眶的感动，和静守的家人围桌纵情欢聚……

只是脚步辗转间，突然有一天少年会老，一枕梦碎，他们夜不能寐地回追久隔的记忆，他们在每一个夕照时盼望有月的夜晚，原来那缠绵的纠葛一直攀附于心，那不可遏制的执念从未离弃。我恨不能借君明月，拼就一段徽州夜色，让镂月裁云中的离人不再相思成殇。

　　循着千年的遥望，踏着寻梦的跫音，我独倚徽州，行在夜月下。浮光掠影的往事纷纷后退，经年的守望也已演绎成旧时的传奇，惆怅思量间，被廊桥流水多情地打扰。目光仅一碰触，便牵扯出内心最温润的柔情，平添了一份贪恋。波光漾，情思绕，一阕月光词，一曲怡然调，远离尘世的喧嚣，远离心烦的聒噪，且醉且欢间，忘却人间事。

　　今夕何夕的清宵，任我孤身素影地肆意游走，白墙黛瓦，重檐轩窗，流水穿村绕巷，小桥与倒影交错，走进徽州的婉转绵长，独享一个人的月下清欢，如此笃定，如此亲近。廊檐下偶有宿燕的声响，惊落了我身后堆满枝丫的繁花，拈指落花间，薄云轻笼，纵然月光冲淡了依稀往事，可积思积念的情感在某个瞬间便泛滥决堤。徽州的夜月竟是这般让人无从抵挡，隐遁年华荏苒的沧桑，用横跨千年的灵犀，折射出一份娴雅和静洁。当不期而遇之后，再没有红尘的羁客，只想伴流水而欢，听一夜长风，枕一溪明月，就此宿醉一场。

　　注：练江，又名"徽溪""西溪"或"练溪"，为新安江主要支流之一，位于歙县县城东北。长庆寺塔，坐落于歙县县城西门外的西干山麓，练江左岸，是一座建于北宋晚期的佛教建筑。梧桥夜月，"西递八景"之一，西溪流水潆绕走马楼，穿梧赓古桥而过。木坑，距黟城北面15公里，以竹海闻名，地处桃源山村东大门，为黄山入黟第一寨。

水墨·倾城

穿越陌上红尘，误入一场世外仙寰
—— 五里桃花源

忘记走了多远，也不知身在何处，随身只携着南唐许坚的诗："黟邑桃源小，烟霞百里宽。地多灵草木，人尚古衣冠。"我溯溪而上，一路云霭沉沉，草迷烟渚，质朴的民居恬淡地点缀在阡陌交错的田园间。刹那，眼前墨染的画卷喷薄出一抹灼灼的红，一枝、两枝……或疏影摇摇，或繁花满枝，看了，心生感动；又看，又被感动。我不避秦乱，不承想竟误入了这场世外桃花源，和五里的桃花便这样地邂逅！

于是，满是徽墨的素笺里多了份鲜妍的色调，让人心头柔软而温润。这情景似曾相识，和所携带的《入黟吟》诗句里所描述的分明是一样的风景、一样的内蕴。在这里看不到世事沧桑，每一处陌上风光静逸而淡然，重重心事幻化成朵朵桃花，不管春秋，无意流年，只想素心依旧地栖息在此，枕上袅袅炊烟，细听捣衣声声……

孰花孰画？我已分辨不出，时光就此搁浅，彼此凝望须臾。忽暗香扑鼻袭来，我再按捺不住自己的脚步，踏入桃林，花枝擦肩，听风吟赏桃花。

我过树穿花，任凭思绪肆意游走，随崔护一起走进人面桃花的故事里，品味着晏几道的"歌尽桃花扇底风"，寻思着李香君桃花扇上的桃花历经数年为何还凄美依旧。写下"桃花庵里桃花仙"的唐寅，他住所前的桃花此时是否傲世不俗地笑迎春风？……但凡细数起这些与桃花有关的人和故事，总会感叹弹指繁华，韶光不再，升腾起一言难尽的悲凉情愫。

五里的桃花却相忘于时间，不被惊扰，不争占春光，不曾随世落俗，更不同于花

间词里的桃花，透着一股脂粉艳媚。

一根横斜的虬枝扯住我的衣衫，似要告诉我什么。我停下仔细凝望，枝梢的桃花悠然静美，在徽州这砚水墨的研磨下，安之若素、意蕴深远地绽放。五里的桃花一定便是陶公笔下的桃花，超然物外，遗世独立，重复着年复一年的花开花落，从不曾有过怨怼，始终保持着释然、幽远、安静、无争、纯净的姿态，伫立于绵亘逶迤的群山间，无关世俗名利，无关是非纷争。

一花一净土，一瓣馨香，一缕芬芳，顷刻间，心境豁达平和，原来深微妙法的禅无所不在。我频频抬头，极目远望，天际似有旧时双燕翩翩飞来，上下翻飞；近处田野葱葱，温柔宁谧，偏安一隅的乡野农家没有陈年的气息，瓦檐下飘散着一剪淡泊的光阴；耳际不时吹过一阵轻风，心灵顺畅而惬意，原来最旷世的场景不是挥军逐鹿，不是剑拔弩张，而是简单的平静。我仿佛读到最深邃的一卷妙语禅经，顿时少了很多负累，只想拥有一颗从容澄净的心，不再理会尘缘的牵绊，不再沉浮于俗世中的琐碎。独自清欢于桃花深处，想起古往今来多少苦苦寻觅梦里的桃源的人，不乏名人雅士，不乏达官显贵，仕途的失意、对现实的不满，让他们有避世的心愿。远离尘嚣，寻一处休憩之所，从山水花草中觅得最深的慰藉，只是得此夙愿者又有几人？世事总难遂了愿，我们毕竟不是禅师，能够勘破渺渺俗尘，不然何来桃花庵主唐寅看破红尘的轻狂？何来山水诗佛王维充满禅意的绝句？

我有幸有五里桃花作引，来此世外仙源，什么也不去想，什么也不去做，一路风景看遍，清心爽目，静静地拈花微笑，再没有斑驳的心事。喜欢这样轻松舒缓的寻常心境，喜欢这样恬淡悠闲的亲身经历，我席地而坐，迫不及待地要写一阕有关桃花的词。早已习惯用文字记录心情，岁月不经意地更迭，尽管再寻不回初时的模样，可是有文字做证，很多年以后还可以看到自己精心烹煮的光阴是否辜负了流年。

须臾，天空暗了下来，我在暮色四合的光景里找不到归路。也罢，姑且投宿于桃花源里人家，做个蛰居简出的古黟妇人，享受淳朴安宁的生活。远远就瞧见一户人家逸出墙外的数枝桃花。黟邑人素有种桃的习俗，山野路边、窗前庭院都能见到桃树，我上前敲门的时候，

手上还有折下的几枝含苞的桃花。

青苔深院，一树桃花，在只是近黄昏的光线下生成一种最纯粹的静美，绾住万般旖旎，退却红尘华丽，呈现出邈远高洁的韵致。顷刻之间，心里滋生出荡涤世俗的不染，由着自己沦陷进恬逸的景象里，从此以后，再不是行色匆匆的过客。

与主人闲话家常，笑语欢声，茶炉上轻烟缭绕。我能做的，是放下浮躁的姿态，卸下受束缚的压力，尽情享受悠淡简洁的意趣，不去争一朝一夕的成败，不在意一言一辞的得失。折下的桃枝被插进了瓶中，一壶清茶，几枝桃花，疏影映满窗棂，我悠然神会，静候花开的契机，当茶事煮尽时，结实的花苞迟迟不肯开放。春日的夜，微寒未尽，我起身裹紧衣襟，仅一个定格的回眸，恰逢第一朵桃花绽开，红破蕊露，瓣瓣无声。

我心动不已，温柔怜惜地将其掬于手中，想起年少时的往事，日长飞絮轻的春天，会摘下一片新绿的树叶，制作成书签夹在厚厚的宋词里；会骑上单车，花两个小时去乡下听一段不知名的戏曲……多年后的今天才发觉，平实的过往，淡入我心，恒久弥远。我带着怡宁的知足，还有那枚静泊在心扉的桃花，酣然入睡。

在鸡犬声中睁开眼睛，赏心悦意的情绪不

请自来，阳光不曾跨进窗子，可目光搜尽之处温暖而安定。原来，世人归隐田园不是风气使然，只为寻来桃源装得下精神上的怨尤和自由，让自己的心泉可以清水长流。如果可以，我想终我一生地停留在这里，不被打扰。

从清晨到薄暮，从幽思到游绪，在五里的桃林边遥遥两望。此地此时，去又不忍，我逡巡迟疑。无论如何，我不会如武陵渔人那般，只记住那场遥远的花事，而迷失了路径。何时，天上积云散淡，风吹衣袂，落英飘摇，这绝不是一场桃花的距离，咫尺之遥间承载了一份永恒，带着阅尽世事的安稳和超脱，在花开荼蘼后褪尽颜色，在沧海桑田中一任老去。

就这样，没有气吞山河的霸气，亦没有搅断寸肠的柔情，五里桃源顺随自然地便装进生命的深处，在宁静致远中让身心舒卷自适，再不肯沾染世俗的尘污。还有，那一朵一朵桃花早已悄无声息地被植移于心，细细密密地真实存在，且会留存到永远，永远。

注：五里，黟县碧阳镇五里村，位于黟县县城西郊，距县城 0.5 公里。

水墨·倾城

若只如初见，亦永不相忘
—— 寻梦牯牛降

久久堆聚不散的白云封住了牯牛降，让这里不受任何时间和空间的打扰，一切保存得如此完好。苍莽的山脉连绵不绝，森林植被繁密茂盛，数条溪瀑在山间林里永不止息地流淌，湖水明净可鉴，和湛蓝的天空相衔接……这在烟火之外的净土，不知何时辗转流落到了人间，处处充溢着灵动和生气。来到这让身心回归宁静的殊胜之地，什么都不需要做，把自己彻彻底底地交付出来，聆听大自然最真实的心音，领略天地山水令人无从抵挡的纯美。

关于牯牛降，有太多的民间故事和传说，除了平添无数的神秘色彩，更显露出其遗世的气质。任年代如何变迁，牯牛降始终亘古如一，仿佛从远古封印至今，一派不与时光老的原始风貌。没有任何人为的修饰，不经现代文明的涂抹，浑然天成的牯牛降蕴藏着惊人的大美，世外仙姝般地吸引着世人向往的步履。

沟壑池潭散布在深幽的峡谷，水流随着地势时缓时急，每条溪底澄净无泥地清澈，每汪潭水透入心扉地无瑕，每挂瀑布流珠溅玉地晶莹……风尘仆仆地来到这里，一种无可比拟的清新不沾半点尘埃，一份自然赐予的野趣让人忘记从何来，瞬间，所有的烦忧消失殆尽。灵泉飞瀑发出天籁般的声响，更添了一份诗境；细碎的光斑透过浓荫落下，一束束的白光凿穿不真实的梦境，似乎这里数千年来什么都没有发生过。

得到上天恩宠的牯牛降，保有大自然最美妙的纯真和盛景，群峰渐次经季节泼墨添彩的随意涂抹，多种颜色或浓或淡地变化着。绿树碧草弥谷，竹海松涛阵阵，满目不可尽言的神姿仙态。林木掩映下的每一寸空间都被濯洗，滤去了污秽，尘不沾身的

水墨·倾城

纯净让我陶然忘步，默默生出几许脱众拔俗的清雅。我突兀的到来惊了无人造访的地方原有的安宁，我不须多说，静下心，深呼吸，将自己融入山水间。山明水净让身体释放了所有的压力，一草一木让满心不再荒芜，避开城市繁杂的节奏，感受最纯真的自己。这分明是修复心灵的后花园，让人受到前所未有的净化，世俗的一切不再重要，笃定安然地畅享愉悦于心的气息。

逐着溪水的云朵自在游弋，轻轻漾着梦中的呓语，添上云影的水流迂回曲折地投向群山的怀抱。流光溢彩的牯牛湖，倒映着漫山的葱茏青翠，收藏了太多的梦幻色彩，思绪联翩间分不清视野中的是实景还是虚景。依稀记得，梦里寻找着的场景便是这般。这幅不波不动的山水图画，环境气氛不落俗套，每时每刻都值得细细品读，欢喜之情不能自已。湖面是一枚宝镜，所有的景致被吸附进去，任何游人亦无从抗拒，情愿把心掏出来而不再逃离。湖水纯粹的蓝和天上的蓝遥相呼应，不知是湖水染蓝了天空，还是天空深深地印蓝了牯牛湖。总之，这样的纯然境地一下把续不完的梦想填实填满。在水一方的我欲赞忘言，唯有一种幸福感源源不断地喷涌而出，不得不惊叹生命的美好。

这片广袤的土地与外面的世界隔绝，充满着绵延不绝的永恒生命力，以及永远无法企及的谜一样的神奇。沟谷溪涧中遍布奇绝天成的怪石，似上天倾倒，悉数洒落到了牯牛降的每一处，造化成千态万状的模样。这些自然的造物惹人动念，稍不留神，被迅速带到侏罗纪时代，在神奇的幻境里来一场游历。

走进绿波翻涌的竹林，不承想一处废墟掩身其中，从遗留的断垣上窥得见庙宇曾经的精工细雕，以及昔日的恢宏气势。当年山下的村民络绎不绝地来此拜庙祭神，这盛极一时的善庆禅院，经历了许多的轮回，由香火旺地变成了现在的沧桑残壁。善庆禅院因供奉观音菩萨而得名"观音堂"，被注入佛光的圣地竹影婆娑，袅袅修竹仿佛自古以来便生长在那里。它们倾听过悠长的晨钟暮鼓，目睹过众僧参拜唱经，却也经历过战火的喧嚣，如今，默默守护着寂静的遗址空地。风起竹响，有如舒缓的梵音，此起彼伏间体味禅的存在。

牯牛降被施了法，下了神咒，纯粹得一尘不染，涤尽世俗。冥冥中自有神灵护佑这里，抚慰万物生灵，在时间的积淀下，牯牛降尤显得圣洁和明净，对我来说是一次直抵心灵的朝拜。久置其间，除了静默，任何行为和语言都是多余。我如同不谙世事的孩童，卸去所有的伪装，舒展一下筋骨，抻颈畅快地呼气，嗅着干净的味道，在超越的境界里如重获新生。

于此来过，有一股强大的力量摄伏世人，让人充满了对自然的敬畏，悄然把心默许给了牯牛降……若只是初见，牯牛降满足了所有的梦想，把无法餍足的希望涨满，让人只想永远地栖留在这片天堂；牯牛降似乎沉睡得太久，不足以点醒年复一年的静谧，又总是让人揣摩不透，生出无尽的遐想，无端又进入另一场梦……

注：牯牛降位于祁门县与石台县交界处，有"绿色自然博物馆""天然的森林浴场"之称，是AAAA级国家自然保护区和国家地质公园。其共分五大景区：主峰景区、灵山景区、双龙谷景区、龙门景区、观音堂景区。前四个皆位于石台县境内，观音堂景区位于祁门县境内。牯牛降是黄山山脉向西延伸的主体，古称"西黄山"，地质悠久，水资源丰富，无人为破坏，保存着较为完整的天然森林植被和原始风貌。

旧来流水知何处

水墨·倾城

花间酌酒邀明月，石上题诗扫绿苔
—— 小桥流水人家

喜欢在夕阳的残照下，一人在那狭仄的巷里走来走去，不用担心迷路，不用担心该拣哪一条小道，胜景图卷中的每个村落都有水流穿村而过，只要顺着水流就能出村。阒寂的村野人家，漏尽岁月的斑驳和沧桑，却因有了活水的滋润，内蕴深远的徽州在波光潋滟中生动鲜活起来。

行走在绵亘蜿蜒的乡野古道，茂林荫翳的尽头，居然深藏着窈然村落，故事就此被拉进诗行。每一个打徽州而过的人，无不被目光所触及的景象所吸引，初见不觉惊艳，却自是生出一份偏爱，流露出温婉与风雅的情怀，继而忘情地吟游徽州，一脉情思随曲水流转而漫溢，一种沁入骨髓的纯粹让心绪全在其中，静静畅享这里与世无争的恬淡生活，任由时间随淙淙流水流逝……

黄昏独立斜阳，徽州村落的水口是村人用尽心思精勾细绘般的画作，古木繁枝，小桥卧波，楼台亭轩掩映其间……每一处都美得恰到好处，惹多少文人墨客倾心不已。这些执笔之客写尽暮色景致，多年后的我每每触及在真实的境况里，融悠长回味的诗意于景，满腔的诗情泛滥得一发不可收。与暝色的天空相衬的老树格外静谧，我生怕惊起栖卧于树枝上的鸟雀，停下奔赴的脚步，听孤鸿宿燕的动静；枯藤复苏吐出新芽，缠绕地牵住才子的柔肠，暗生的情感顺势蔓延；记不清从什么时候开始，村口的桃花不谢不落地化作无数诗行的引子，将世人迷失进满笺的光景中；长年不息的山溪河流游走穿行，绕屋萦村，这不曾干涸的源源清流让寂寞的民居保有自然的性灵，尽显枕河人家的最初风貌；小桥流影，恍若和透亮的清眸对视，添了明眸流盼的曼妙……

余晖中的晚霞凝聚不散，一直停留在古桥上的廊亭边，与青山碧水融合成绝妙的秀美风光。不远处有独钓人静默地享受着这份安谧，浮光碧波把心搁浅，他垂纶放钓的不是鱼儿，而是周遭的景致，一切似都静止了……我站在廊桥上，倚栏不言不语地

水墨·倾城

凝望，篱上青桑、桃花流水，透着徽州一域独有的风情，仿佛一直在等候寻访而来的客人。我这慕名诗客反复阅读，情意更醇，诗意更浓，脱口成文，装入一路散发着清香的诗囊。无数的漂泊游子，不再长久地寄居于诗词里，避离繁华小隐于此，在溪水桥畔安度流年，再没有语塞难言的断肠事。

如若烟雨霏霏，浸润出一片墨韵，内敛中涌动着春意。着雨的桃花如湿了的胭脂，洇了点点的红。微雨浣花，饱蘸明艳的色调，催红染绿的正好春色如罨画，更衬得村落旖旎多姿。雨帘里，暮归的白发老者一身蓑衣，途经村口时放慢脚步，不忍遽离。是故人念故情，每一处风物温存在心底，积年暗长，再无法抹去。青衫白裳的女孩儿，浅笑嫣然地轻唱着古老的歌谣，采摘插戴一朵朵桃花，把春留在身上。

允我一味地吟诵，来应这羡煞世人的诗画境界；许我携酒寻芳，来找深掩的良辰

美景。流水贯村，从容舒缓地穿村过户，这乡村居所间的条条细流是徽州的脉络，列举出一个个家族的渊源。逐着溪流而行，竟牵惹出家园意象的情丝，我这个离人不再远隔千里，一种归属感让身心可以这样释然。

碧苔深锁的庭院，不见倚楼望归的思妇，我静坐庭前，赏花事。檐下两两相对的雏燕私语切切，引得我凑上前去跟它们打趣逗乐，自娱闲趣的身影映照在墙根，如此简单的举止却有着触动心灵的愉悦。雕花窗牖拦不住融融的春意，一轴竹影淡烟的无墨画，一首鸟语不断的有声诗，在紧闭的门户内竟感觉到无限美好的意境。小巧的院落契合了徽州人隐藏的心性，给自己留一点空间安置雅兴，任晚风穿庭而过，日暮光影里坐拥满园春色。

山村的日容易沉落，黑夜来得特别快，周遭一切顿时失了颜色。村人枕着水声入眠，月光拂檐，添一抹窗明。我携酒于溪边坐，在绿荫花影里细酌慢饮，三杯两盏邀明月。月儿栖居水中央，被洗涤得晶莹明澈，旁观我静享一个人的闲光。洁净无尘的月光营造出的景致毫无世俗之气，每一寸空间充盈着诗情画意，人的一生最想要的生活也许不过如此。有月相伴的夜不会枯燥寡味，鬓染月光，折下花枝结在发梢，衣襟半染上星影，久坐听风，看月如何缺。

月夜春花因有人欣赏，年年依旧招摇地开放，枝影婆娑，偶有落红飘下，春已深了。醉沉沉的我双颊微酡，一时间兴来得句，拂去掩盖在石上的绿苔，手指比画，直抒一片胸臆。随手拈来的诗篇，有飘落的花瓣点缀，好似刻意之笔，片片落进诗行，句句均沾花香，添意无穷。我心不再移泊别处，停驻在这溪水长流的水岸，就此酣然一梦到天明，尽享诗酒田园的生活乐趣。

徽州的村落从来都是淡如水，只是这水波不知不觉在每个人心中漾起，不待明言的话语隐蕴在一景一物里。出门一溪云，花香沾满衣，不见苍劲旷世的场景，却是婉转生姿处的赏心悦心。那抹绯红绽满了旧书的扉页，那小桥流水是没有念出的半阕词，贴切自然的气息平添了清新和美妙，境雅情深地倾尽天下人的目光。

夜阑风静，夕曛的未尽之意被月光渲染尽致，一桥一栏蓄满浓郁的江南气息。弥散开来的缕缕清韵，一触，便牵扯出遥远且漫长的期盼，那等待经年的往事，早已在时光和岁月深处演绎成动人的传说。是持久醇厚的旧景能醉客，还是一番风月佐酒愈饮愈烈？醉醺的我脚步声太重，蓦地惊起成群的宿鸟，花摇叶乱，搅碎一地枝影，荡开如水的月光……

在这异乡故地，记取往日种种，人生的万千风景其实都已获得。几分闲情，几分安然，花晨月夕的幽居，款款流淌着隔世的清凉，足以让我坐拥此生的回忆。以春光为茗，装上三月的云水，呷一口花香，和着穿花越柳的呢喃燕语，感受天地合一的小桥流水人家，只需放松身心，优雅地慢品古老的徽韵。

注：枕山、环水、面屏，是徽州古村落的整体要求，徽州人"无村不卜"，以大自然为皈依，崇奉风水学说，注重从文化上追求"天人合一"的理念，无一不体现着人与自然的和谐统一。徽州境内溪涧纵横，散布乡野的小桥流水人家被赋予了生命，构成近乎天成的优美风貌。

水墨·倾城

闲舟荡漾，一任春行展画屏
—— 新安江山水画廊

旧来流水知何处

　　白云随烟波流水自在悠游，两岸逶迤的青山绵延不断，江畔的村舍人家缘水而居、缘山而建，天地间最美的画屏徐徐展开……我无数次地扬篙泛舟，载满了关于远古的辉煌，捕捉记忆的云影，就着独绝天下的秀美风景，打捞出源源不绝的文化根脉，感受着奔腾不息的生命之流。新安江水流经的地方，便是心抵达的地方，流贯着所有徽州儿女血脉相承的情感长波，以及此生难以割舍的瞻恋和皈依。

　　承载历史的新安江潜隐着多少千古事，尽情捡拾源远流长的文明和风采，一方水土借着繁荣的历程，散发出耀眼而璀璨的光芒。千年的积淀赋予两岸语言和智慧，在水波流逝中上演着世情俗态，延续着一个个未曾述完的故事，行至哪里，深厚的传统遗存就在哪里。

　　守望着流年的渡口，迎来送往中等待下一次的相见，我亦不曾许下任何诺言，只是眼前的场景莫名地熟悉，令我感动，仿佛终有一天要返回这里。江水湮灭了尘烟，群山隔离了浮华，渡口边的万千过客牵系着的故园不再山长水远。怀旧的剪影片段，任时光偷换，依然无恙地镶嵌在徽州的老相框里，不知哪个细节，不经意间已撩起最细腻的心思，且温柔生遍。

　　每次畅游，累次心动，平静的江面如菱花镜，多姿多彩的倒影是精美的纹饰，生动地再现多年以前的风貌。春风娴静地掠过万千风景，漾起弥深的怀古幽情，瞬息勾

91

起深藏在心底的旧时回忆，多年以后寻得故乡音讯的欣喜袭满周身。一种发自肺腑的情切意浓，一种思乡还归的愁肠缕缕，千般亲昵，万般熟稔，轻盈地驶进梦里母亲热腾的襟怀。

闲舟碧漪荡漾，重叠绵延的群山似屏风，阳春三月的美色遥无边际地呈现。只是飞鸟不再无声地休歇其间，扇动着翅膀栩栩跃出，那婉转的鸣啭不绝于耳。山花散落峰顶半腰，这些素常的花儿，知道春风何时来过，掩敛着娇羞，浅红粉白地安静绽放，酿就一季的繁华。闪烁流漾的江水连着天际，任由兰舟自得地畅游，把自己交付出来，眉展心舒的情绪迷漫了整个画屏，纵情赢取眼前的良辰春色。

新安江的山水竟有女子的神韵，清澈的江水是明净的眼波，流动着脉脉温情，触动积聚在心底的幽远乡梦。远处的山峰像秀鬟上的螺髻，身着云衣霓裳，迎顾之间，雅淡委婉地凌波而来。暖风拂面亦如纤指轻抚我的脸颊，是太久的相别酝了这太深的思念。双双用亲密的耳语，讲述那些年纷繁离合的过往，起伏的情感泛起阵阵微澜。这样的倾诉衷肠，解我万缕乡愁，令我如愿以偿，一发不可收的旧事说不尽，说得尽的是彼此的深挚挂念。新安江特有的脉动将我紧紧攫住，就此融入生命的始终，那浪恬波静的表情润透了江南最美好的意境，隔绝千里的相思不再云水迢迢地受阻。

隐约听到浅吟低唱的戏腔，遥远而又真切，声声未了，我生怕悠然而断。恰得其妙的曲声惹我心动难耐，催促寻去。远远看到村舍连连的新安山居图，水埠前的旗幡猎猎招展，江堤上青碧的柳枝柔美地随风而舞，每一处的山水风物潜意识地吸引着我。绕村的这段水流绵长平稳，不安的是我驿动的思绪。虽是咫尺之遥的距离，我却已按捺不住如焚的心，不知何时我的泪水止不住地滑落，视线已经模糊。

临水的旧堤江水又盈岸，下船拾阶而上，瞬息年度已换回，我恍若被搁置在陈年的深处。按迹循踪，穿梭在斑驳缤纷的绵潭村，还原本来的模样和真相。旗鼓石竖起高高的彩旗，烘托出将军埠的盛大威势，更昭示着曾经的殊荣和烜赫；汪王庙弥漫着岁月的凝重，不管何时何代，都受到村人最虔诚的拜谒，根深蒂固的民间信仰产生了丰富多彩的祭祀文化。随处可见婆娑的枇杷，点缀着白墙青瓦的村落；随时可听到情韵悠长的戏声萦绕回荡，乡野之乐顿生……

徽商兴盛时期，搭台唱戏，年年不断，代代相传，演绎成今日民风入弦的绵戏。这发自方言的每个声腔，流传下来的每句唱词，体现了民众对待生活的态度，延伸的都是徽州的脉络，在时间的长河里闪耀着清凌凌的光芒。有多少羁旅游子一身尘浊而来，被朴实的传统生活淘洗，被一种命定的情愫牵绊，收藏故园的山水，经久不绝的旋律在离人的心中再挥散不去。又有多少天涯过客，没有年代的遥隔，与尽成陈迹的千年世事交集，在声声不已的绵潭戏声中，洞穿到一个民族的锦绣风华。

随波迤逦行来，看青山起伏，听碧水清音，不管明天是否还有要赶的路，今朝许我不被打扰地行完这一程。总是不知归路，家，原来在很近的地方，我不再孑然影孤。一任春行，暖风安抚着我，催人生念的山水与描摹入画屏的景致一样，不再难以寻觅。

风物人情还似当年，新安江豁达的胸襟，让归舟上的每个人心有所安，如初生般纯净澄澈。偶有水鸟轻拂白云的倒影，紧贴明镜般地掠水而飞，千家万户和葱郁的远山融为一体，原始的古朴轻易就触动人心最柔软的部分。定是我春心未结，生怕此景难常在，生怕过眼的韶华随波流逝。此时，最好有一壶桃花香醪，把酒留春，连同盛开在山间的簇拥花团儿一并饮尽。

　　村落长堤旁空横着几叶小舟，田埂篱边的油菜花初开，辉映出一幅鲜活生动的风景画，添了安详和淡雅的乡韵。泊舟稍作停歇，漳潭不是一般的渔市樵村，在其间，可以体味到沉静的古徽州遗风。漳潭村素来以一种非同寻常的方式保留着昔日的儒风，还将继续延续保存下来的传统。村内的千年古樟绿荫匝地，但凡来到这里的人，都会被它沧桑磅礴的气势所震撼。任熙攘的旅人来来去去，古木依然从容地伸展新绿，从浓密的树缝倾落下来的光，白得炫目，彰显出生命的鲜活和张力。它历经风雨，阅尽无数的盛衰兴废，见证商贾舟楫云集的繁荣，用岿然不动的身姿讲述着千秋往事。新安江山水和周围的村舍阡陌相映相衬，光影浮动中流盼着绮丽和婉约，构成徽州万古长春的绝世美景，惹世人流连不歇。"新安江"这个名字本身，已经成为一种文化的象征，历史赋予的悠久和厚重远远超出了画面给予的意境。要想了解徽州，与其查阅书里的记载，不如亲自沿着江水寻找珍贵的人文气息和文明遗存。从两岸原住民的生活细节可窥视到古老的徽风遗韵，点点滴滴汇聚成不可或缺的民族精魂，那流光溢彩的璀璨和瑰丽，漾起的是东方华夏的辉煌。

沐浴着春风，任凭长裙被拽出几多褶皱，只想继续进行这最直接的沟通方式。我伸开双臂拥抱新安江，真切地感受到阔别已久的温存，虽隔了时间，深婉沉着的风骨依旧。水天之间轻灵澄净，浸润着无边的静好，我亦忘情，积聚于胸臆的灵感如江水涌现，这场放飞心灵的抵达，是我前世今生的宿缘。流动的春色俯拾皆是，独特的芳景留住太多回眸顾盼的眼光，激起人们无限的感动和期许。飘零无依的人儿将心停泊在此，萍踪浪迹的不定自此有了归宿。

落日的余晖洒落，夕阳晕染着暮云，好似故意涂抹上红通通的色彩。斜阳江畔，一缕静谧，映照着远天的几点归舟，霎时满眼的夕照风光。山峦横亘在江畔，柳枝轻轻飘拂，民居绕出浓浓的炊烟，欲归的倦鸟三两相伴，不知今晚飞落何家。依稀可见独泛一叶扁舟的老艄公渐行渐近，他已安然于这水湄云生的日子，充溢着出离尘世的恬然自安。景渐昏曚，行舟晚泊，暮色沉沉中离开迷蒙的江面，载满了春光归去……

注：新安江是古徽州文明的摇篮、徽州人民的母亲河、古徽商的黄金通道，是连接苏州、杭州、扬州等地的纽带。新安江山水画廊位于徽州古城歙县，景区全长约50公里，沿岸有漳潭、绵潭和瀹潭三个自然村，以独特的徽文化与自然风光、古村落的美妙结合著称于世，一年四季，景色各异，泛舟其中，好似一幅流动的山水画卷，故称"新安江百里画廊"。

水墨·倾城

泉从山谷无泥气，玉漱花汀作佩声
—— 龙井飞瀑

穿行在苍翠蓊郁的山谷，两旁枝蔓繁密地伸展，浓荫笼罩下，盛夏的清凉扑面而来。似有林下佳人步履轻盈地翩翩而行，发出环佩叮当之声，空谷清音，一份静谧自来。视野所及，隐见枝影摇曳，一抹青衣飘然而去，不时传来清脆的声响，惹我不管不顾地找寻。

山径蜿蜒无尽，荫翳蔽日，隔世的清幽直袭心底。因了这悦耳之音的牵引，我没有淹没在深深的孤寂中，能感受到一份真实的相伴。每每萦回，我不曾停下脚步，生怕凝神之际骤然停落，便再难觅其踪。

余音邈邈又忽近，我顾影徘徊，慢慢踱步，凝听亦凝望。只见茂盛恣意的灌木以及蔓生的草棵里，掩着一溪泉水，有如羞赧的少女，兀自叮咚流动。小溪清澈见底，那份洁净直注入心扉，让我整个人通透无尘。玉漱花汀，珠溅玉屑，犹如环佩之铿锵，谱成传神出韵的仙音流淌出来，在漫山漫野袅绕。夏风摇动，环佩琤琤作响，拨乱这沉寂寥落的丛林，真是绝妙！

彼此心照不宣，相对而视，音律潺潺飘荡，又有殷勤的鱼儿游来相伴，添了无穷的生趣。我兴之所至，掬一捧山泉，洗濯沾满风尘的脸庞，畅快地呼吸着草木的味道。

葱茏幽深的原始景象，充满了生命的旺盛和张力，一条条山溪翻山越岭，丝练般透迤游走。

　　曲水潆绕，久蓄的情怀汇聚成一股力量，从崖头高绝处，以雷霆万钧之势，不可遏制地倾泻而下。水流凌空翻滚着直跌深壑，浩浩荡荡的阵势宏伟而磅礴，喷迸出喧天的声响。我能感受到自己眉眼间那重重惊喜之色，旋即，源自内心深处的敬畏涌动而出。溅落的水花袅袅升腾起薄雾，弥漫缥缈之间，犹见倒挂的游龙咆哮着奔腾欲出，气凌云天，傲立天地。这便是龙井飞瀑带来的震撼。

　　崖口有只飞鸟，自在地翱翔，给凌空而落的瀑布增添了壮美之姿，亦让我心胸旷然。瀑布携带着大自然生生不息的活力，泛出明澈清冽的气质，心性不由得与之相契，再滋生不出任何的邪念。奔涌跌宕的瀑流飘飘然，如仙姿秀逸的仙女，飞舞起白练，佩玉鸣环，脱俗的纯美让人忘记尘世纷扰。

　　掩映在青山秀谷间的剔透无泥气的山泉水，就这样源源不断地注入龙井潭，欢跃地溅起点点水珠，微雨样的落下。悠悠然徜徉于潭畔，清莹的水波盈溢着漾开来，把身心涤荡得纯净无瑕。这潭源头活水绾结着徽州的历史文明，奔腾不止的脉动就此渗透每一处，把徽州大地淘洗得越发山明水净，充满自然的神韵。

来山涧听瀑，席石而坐，山风徐徐掠过，驱除所有的暑热。飞瀑涧流，忘乎所以，何须丝竹笙歌？自有山水清音激荡心弦。屏息静听，清心无忧，倾听到心灵回归的召唤。深壑幽谷，潭水凝碧，每一个踏足这里的访客，都毫无保留地敞开胸怀，把自己纯粹地交付出来。

坐得久了，听到的并非瀑声，而是山林久远的沉静。尽管岁月无声，长久地沉默着，却有越来越多的人来此寻找故乡的源头，不乏期盼已久的归人。发源于此的新安江，聚集天成的自然灵气，在潺潺水流中，孕育出独特的内在禀赋。循着同源同流的脉络上溯，感受行云流水般的婉约和灵动，以及千余年文化积淀后的悠远宁静。

这泓清潭是徽州文化绵延不断的源泉、永不枯竭的给养，衍生出别具一格的水墨风情。突然激荡起心底的涟漪，找寻到失落已久的自己，溢出眷眷深情。山泉水静然流淌，用其清新脱俗的柔情，丰润着徽州大地。掩映在青山绿水中的徽州，无论岁月怎么变迁，那份秀美一直沉淀下来，潋滟入天下人的眼波。

身泊徽州的我找到生命的根系，或许是我用情至深，不知如何开口。聆听最美妙

水墨·倾城

的自然之音，留存心底的话语早已不言自明，倾我毕生的情感，柔蔓样的向着明净的水流延伸而去。

  抬眼间，一切并未远去，迂回曲折中顺着水流，找寻曾经的过往。一切还在延续，清清山泉水，涤尽时光的尘埃，以永不止息的鲜活，贯穿了徽州文化的主脉，一路滋养着沿途的居民，保持着最自然的小桥流水人家风貌，让无数人沉醉在它的怀抱里。世人品读起徽州，莫不在倒影交错的水韵中，体味出一份清澈空灵。却也正因此，水流声中的古老徽州没有没落，历经千百年，依然淡定安然地存在着……

  注：龙井飞瀑位于休宁县鹤城乡新安源村境内海拔1629米的六股尖，与婺源县交界处是怀玉山脉的最高峰，东北坡为钱塘江正源新安江的发源地，有"三江（新安江、富春江和钱塘江）源头"之称。龙井飞瀑为新安江源头第一瀑，从数十丈高的崖头倾泻而下，极为壮观。

淡妆浓抹总相宜

水墨·倾城

同上水心亭，任四序凭花事告
—— 诗意檀干园

（一）春桃露春浓

是谁轻叩三月的门楣，拉开了春的帷幔？我一路寻来，青翠夹道，枝叶扶疏，一种不请自来的欢畅情绪，如同檀干溪水般自在地流淌。年已至末时，便期待着一场桃花开，春在桃花，总是开尽一季的繁华。于是，我迫不及待地拔开花开荼蘼的一场春事，眼前遮而未掩的风景依稀相识。

春草铺地，湖边柳树悠扬地伸展枝条，年去复年来的新绿，给摇曳的心添上一份意浓情长。烟雨空蒙下的廊畔水榭，透着江南的娴雅和婉约，亭台桥影倒映于湖心，轻烟在轻波之上缭绕。一朵朵桃红点缀其中，施妆而不艳媚，相互融合得至静至美，让人顿时柔情深种。伊谁与妆？袅袅娜娜的秀靥娇姿，一颦一笑间出落成江南的绮丽韵致。我骤然一惊，目光流连不歇——这世人皆识的西子竟出现在我面前，独倾天下的容貌，顾盼含情地对着我展颜，是我迷失了地点，还是梦里难辨？

一样的温柔缱绻，一样的缠绵悱恻，这个江南最完美的胜境，尽落世人的眉间。因了这样的倾慕，富商许以诚将构筑在其母亲心中的梦圆在了唐模，亦让村人诗意地栖居于此。无边丝雨中的我收拾一段心情，撑起伞，踏进描摹西湖而建的徽州园林。穿过烟柳桃红，在天光云影里走堤过桥，当推开镜亭闭掩的门扉时，扑棱翻飞的春燕发出绕廊的声响。我凭栏细细品味山水田园间的风雅野趣，被赋予了无限的遐思。春

风骀荡，听一段小桥流水，赏花朵绽放的春浓，借着风吹丝竹的清音，再哼唱一曲阳春。

一枝枝横斜的桃枝，与水中自己的倒影相望。当绯红的花瓣坠落到湖面时，别样的情深，别样的不舍，溅起的涟漪泅润在我的心头。曾经桃花下的新嫁娘，挥手与夫君依恋地告别。他抬头望亭，沙堤亭上的"云路"二字给予他莫大的希翼。他相信有一天，他会平步青云，有一天，他会踩着亭前的一层黄沙，风光地荣归故里。而她，也记住了自己的承诺。一句承诺是多么容易的一件事，容易到不假思索；执着地守着承诺才知道是一个漫长的等待，等待里有过多少孤独，可她愿意，因为放弃比孤独更痛苦。从此以后，她以一朵桃花的姿态，缄默，无悔，静候故人归。

这样的情缘，成为徽州千年来流传最广的传说。桃花，一如既往地开在村口道旁，贯穿着经久的记忆。我已感受到桃花派生出的融融爱意，以及累世的爱恋，且让我在桃花灼灼的春意里念他几阕相思无涯，再记住一场永生永世的等候。

（二）荷云夏净

迈进檀干园，两丛修竹繁密壮实，浓荫匝地。蒹葭杨柳，草木葱茏，隐映出遮天蔽日的清凉。偏处一隅，没有盛夏的困慵，所有的心念静止，只想安然于这闲雅、悠然的日子。

竹径通幽处，便看到半敛着的湖面，水光透彻，似洗我风尘。孤高娉婷的清荷临水自照，青衣素颜，如净洁的女子展示自己的绝代风华。面对这幅空灵美妙的画屏，悠邈的情丝一泻而来，我静默不语，生怕随口诵读的一阕词，都会把人吟醉。

空中氤氲着荷香，韵味清淡，隐约有几许辞藻的余香。许是邀约而来的文人名士在许氏文会馆聚会，这些儒雅的读书人句句绮丽，他们或雅集论道，或填词作诗，或驱毫吮墨，文风之盛一如草木，在徽州蓬勃独茂；许是山野布衣，即便身处乡隅民间，依然儒风习习，自乐自闲地吟咏满腹诗文。情到浓处，顿时来了看风景的兴致，沽酒赏花，同上水心亭。

众生欢娱于亭榭，手把酒樽，与荷对饮，身影掩映在荷云夏净的一个午后。杯酒未尽，倚水看花，思绪联翩，乘兴酿造的诗句别有风味；或浅斟慢酌，品读四壁碑文，鉴赏飞动流畅的书法镌刻。偶有几声鸡鸣犬吠，倒影中的年华尽显一份闲适和惬意。酣然于这样的村舍陌上，拼，也要得到这难得的一醉，自此不辨仙乡与水乡。

亭台犹在，碑刻犹在，醉意亦犹在。只是，我没有男子的那份豪情，我不曾沽酒，不会长亭酣饮大醉而归。可等闲生怕辜负这番美景，且以目迷神驰的姿态，煮上一壶不沾世味的茶，回首故园往事，发思古之幽情，一展光风霁月的襟怀。荷香萦绕，这茶亦沁染了香气，淡品清欢，任茶香缭绕于唇齿，性情融合在通明流动的水中，丝丝缕缕，于安详宁静中领略持茶赏花的妙趣。

不须横生太多的理由，一颗心已被搁置在

荷畔，并晕满了芬芳。我没有饮酒，熏风中的我却已微醺，就这样，与倾尽醉，就这样，枕水而眠，就这样，真心地欢喜一场。

（三）桂风秋馥

月影为轩，倚栏望水，千秋明月抚过故园风物，月光在每一寸山水间流泻，静谧深邃的夜色安然如初。桂风吹过，一缕缕清香高洁的芬馥撩人心绪。原来，梦里追逐着的一处小筑在这里，不管世事变幻，不管年华苍老，所需的情感就是这么简单，在一方山水间有心灵归属的福天洞地。

一直觉得，对秋的了悟有如参禅，一声秋虫的鸣叫、一片随风起舞的落叶、一株历尽沧桑的古樟，都会让人顿悟，滋生出种种对生活的诠释，以及一种千帆过尽的了然和平常。带着这样的心境，我在潺潺水声中小坐，用手搭起框架，凭倏来的写意于一亭一榭、一堤一桥间怡然放纵，恰到好处地在月影蔽云处开始着墨。不知是落笔不凡，还是泼洒饱满，蔓延的画帘与一湖秋水浑然一色，清风夜语，桂香弥散，好一个花香洞里天！

循香逶迤而来，又是一年桂子开，树影洒满一地。在明洁的月色里去找寻过往的记忆，当考试之年，应试者会折桂一枝，希望能蟾宫高中。崇读尚儒的徽州人，有着卓然于世的雅士遗风，尊儒重教已成为村人的一种生活方式。檀干园每一处的匾额楹联，莫不蕴含着浓郁的儒雅气息，寓意点染了妙境，诗化添加了美感。和檀干园一样，取名亦源于《诗经》

淡妆浓抹总相宜

的鹤皋精舍，语出"鹤鸣于九皋"。清修的文人在此抒情述怀，那一树一树的桂子摇曳生香，那轩窗外的亭台水榭几多旖旎，在如此风景间怡情悦性，想来必能生出细腻文思，写下满纸华丽辞章。清风明月下的"清听轩"蒙童馆，透着静待时光的空寂，又好似是当年光景的一个注脚，标志着唐模村一路走过的历程。这里曾是村中的义塾，日复一日的稚子书声里，走出一个个富贾大儒。他们功成名就后，建坊竖碑，以此来彰显煊赫的荣耀，也成为勉励下一代学子的典范。

矗立于檀干古驿道上的同胞翰林坊，建于清康熙年间，是许氏兄弟一门风雅的印证。漫步古道，铺筑的茶源石板路面再寻不到昔日的车辙马迹，在时光面前，遥远的纷繁往事总是不知该如何提及。我驻足而望，同胞翰林坊在月光的映衬下竟流露出独有的华丽，顺着石坊精美的雕琢追忆着青史可鉴的辉煌。目触所及的图饰生动深刻，不难窥探出当初所要表达的思想主旨，科举时代的功名荣耀就这样盘踞于古柱之上，时至今日，不曾从徽州俗众的心中淡去。

秋夜营造的意境太凝重，一切似都掩映在厚厚尘埃的历史屏风中。只是，我不愿悄然退场离去。别在衣襟处的一枝桂子，浸染着几许昨日的暗香，未尽的深意已被夜色覆盖。还有什么可说的？抑或如我料想，不言的夜月摇漾出太多的旧事，待我转身，定要记清此时的场景。还有什么该说的？抑或如我期许，循环往复间，丰厚的文化底蕴被月光研磨得正浓！

（四）梅雪冬妍

雪轻舞，落于花骨梅枝，落于亭台轩榭，落于沿途的风景。只一着眼，无须任何的言语，就把心打动。此番景色宛如一卷古书里的木版年画，封存于字句的最深处，似乎很久远了，能嗅到弥散在空中的陈香。我翻阅时，生怕时过境迁，和今朝不相连接。素洁的白雪缓缓铺展开来，给平和安定的氛围平添了几分生气，抹不去的依旧是独属于徽州的灵动和内涵。

入画探寻，虽事隔经年，景色如故。寥落的乡村不曾凉薄了一场花事，梅雪缱绻全枝头，脂蓄粉凝的妍美之姿没有在寒冬冷却。我在梅香下邀雪同行，雪花飘洒在我的身畔，勾起无限感怀，又似离人再聚。一路，我用心听着落雪无声的倾诉。穿行在渺茫难觅的古老画境，园子里的一景一物迷离深绵，极尽温婉。衍生而出的是一番超逸脱俗的情思和格调，做个优雅的诗意女子吧，踏雪寻梅煮禅心，如此这般，才能恰得其韵。

这样的手笔太过让人留恋。我独立水榭，看漫天的雪花翩飞漫舞，看池亭花木粉雕素装，慢慢体味一帧帧画面，冰雪浸凉而不知觉。直至将思绪过滤到无瑕，将素心悟透到明净，泊在一派恬然安适中，徒生出一份坦然。尤其在尝尽世味沧桑后，蓦地发现沐在静好的庄户之中，淡定地观梅雪争妍，便是人生最大的满足。

缕缕烟雾从忠烈庙缭绕开来，神龛内供奉着被民间视为平安象征的唐代名臣张巡、许远，他们可贵的精神令徽州百姓真诚崇敬，唐模村人更是香火不绝地祭供。我知道这段典故，知道两位忠烈固守着"矢志保江淮半壁"的执着，知道他们难舍而能舍的惊天举动后，顿生蛰伏许久的感动。他们为保江淮免遭战乱，把民众看得比自己重要，没有亲疏之别。自此以后，民众以感恩的心来生活，不负不忘地对英灵诚敬膜拜，神亦同祀，祈保一份安定。

在香火的熏染下，在忠魂的庇佑下，风姿秀逸的檀干园被世人入诗入画地珍藏。不多时，白雪布满了旧时路径，尽数道来这些年静守流年的过去；疏枝梅朵经天然的修饰，退去华靡，惹人顾盼流连。纷纷扬扬的落絮历久萦漫在身边，连同不曾消散的香烟，当我凝神屏息时，一种深切的眷念直抵心灵最深处。檀干园，就是这样一个紧紧地、紧紧地让人牵缠的地方。

注：水口是徽州村落建设中的一项重要设施，徽州人热衷于在村口建造水口，有两个原因：一是"水口乃地之门户"，需以优雅先声夺人；二是对于崇尚风水的徽州人来说，水流象征着时间和财富，随着流动将把一切都带走，故修好水口加以镇留。现属黄山市徽州区的唐模村水口，建于村东，既有水口，又有园林，形成了徽州独特的具有代表性的水口园林，名为"檀干园"，其以桥、堰作为关锁，以亭、庙、坊作为镇物，以古树、花草作为背景，依附穿村而过的檀干溪，是由山、水、桥、堰、亭、庙、坊、路、阁、廊、榭、园等元素构成的古徽州乡村中的水口典型。又因是仿造杭州西湖而建，有"小西湖"之称，石板道外的檀干溪对应杭州的钱塘江，边湖堤对应苏堤，镜亭对应湖心亭，到镜亭的小桥和堤对应的是玉带桥和白堤，园内的忠烈庙对应杭州西湖的岳王庙。

水墨·倾城

树树皆秋色，山山唯落晖
—— 塔川秋色

是谁浓墨重彩的用笔，随兴挥舞层林尽染的塔川，绘出这一季的浓郁色彩，让我的心情瞬间复苏？仿佛伸手就能触及铺天盖地的油彩，无尽灵动的颜色填补了秋天的空白，斑斓的真容全貌惊艳了世人，随便一个角度都会成为梦寐以求的图景，赐予人们无限的创作激情。无论朝时暮时，塔川总被无数的目光缠绕，他们恨不能把亘古唯美的山野风光，全部收摄进去，包括身心静止着、凝固着的自己。

渐次经霜的塔川，纵使秋寒却也缤纷似锦，一树树美得不可言说的姿态，定格成胶片里的永恒，而为人所知。透过华丽的秋叶，隐约看到素雅的徽派民居缄默地矗立，似年深日久地窖藏在片片叶脉中，经自然的蕴养，被时光打磨得灵秀而隽永，令每个到来者久久回味，亦各生喜爱。

曾追随露营扎寨的拍客们一睹塔川的晨晓，只为纯粹发自内心的真实记录，在我所拍摄的原始影像里，塔川充满了生命的性灵。灯半昏，天渐明，沉睡的塔川随万物一起醒来。退去夜色隐隐初照的光影里，散发出一股沁人的新意，清秋的薄雾四处弥漫，在叶梢间慢慢游离飘荡。水口的参天古树，年复一年兀自坚守着，静静掩住宁谧的塔川，使它不受外界打扰。林深处藏着的村子影影绰绰，似有远古的呢喃在回旋，屈指竟已是数百年光景。任岁月悠悠，始终以温文尔雅的姿态看尽晨曦日暮，不由得体会到深邃之秋的无限况味。尽管凉意渐起，轻纱薄缕里却留住了经漫漫霜夜的熏染而色泽正浓的树叶。那丛丛簇簇的鲜活，总让我看不真切般，充满了不似真实的迷幻。也许正因此，很多人把目光投向塔川，近距离领略没有一片颜色相同的秋叶所演绎出的异彩纷呈的浪漫。

当秋日的阳光普照时，晓雾烟霭纷纷消散一空，不见了枝头的白霜，一切清晰可见，塔川变得栩栩如生。周边的乌桕树鲜艳美丽，红枫在清风中袅袅摆舞，漫山遍野的容华锦绣妆成。被岁月漂洗得黑白分明的民居，铺垫上一层亮丽的底色，古风的画布增添了生机。树木房屋彼此掩映，色泽明媚而意蕴厚重，中国山水画般的诗境家园深入人心，让人只想把这一刻留住。

远在时间和年代之外，无意间打开这尘封多年的画卷，我如同走进一段不知何时已被安排好的人生风景里。每个片段都投入了全部的情感，在这灿烂绚丽的景图里，我看见更纯真的自己，带着对生命的感恩，问讯塔川的一景一物。塔川好似婀娜多姿的女子，或深或浅地嫣然而笑，亦浓亦淡的衣袂随风翻飞，让人感受到无可比拟的魅力；又似饱经风霜的老者，在参透世事后独享那份超脱的清宁境界，素淡安闲地慢慢回溯一生的时光，一派从容淡定的旷然，一派与世无争的祥和。

总想抵达古树深掩的村舍，久违的感觉一直在酝酿，并且独自一人，默默踱步在古巷深宅。不是因为寂寥，而是享受清净的孤独，悄然避开尘世，一窥塔川洞天。把自己锁在幽静的宅院里，

弄影庭前寻落叶，立在空落的石阶上，看一架缠绕植物的藤蔓不再攀缘。巷子透着深深的悠远，僻静处的墙隅积满了季节时令的印痕，似走在岁月深处，每一处的景物不动声色地任由我过访。门落清秋，溪绕前屋，秋风撩起槛外清涟，浣去了尘埃，塔川村洗净脂粉般地素洁起来。穿村而过的一溪云水，细水长流地透出安逸和恬淡的气息，涤尽一切烦恼和忧愁，让心境如秋水般清澈明净。我独钓一村的风景，一片飘叶，几丝云絮，时间被拉得无比漫长，只有一剪秋日的清风，偶尔发出过耳的轻响……

时疏时密的乌桕树层层环绕着塔川村，挡住尘外的车马喧阗，留住了原生态的生存栖居地。阳光难以穿透繁密的枝叶，经反复筛选倾洒下的光束，尽显相安静好的一阕光阴。空气中弥漫着林木的清润和香气。因我的到来，鸟雀成群成团地啼鸣着扑腾飞离，用最简单的方式拒绝着世俗的侵扰。置身于这样的景致，失了任何的界限，我忘乎所以，不觉已淡泊尘世的繁芜，有着飘飘出尘的清逸。万丈红尘又奈我何？放下

水墨·倾城

种种执着，消释所有烦怨，身体和心灵可以这样自在。

漫步在田埂陌上，天空浮游着轻淡的云絮，惬意的秋风恣肆轻抚，裹挟着泥土的气味，让人感受到无边的闲适。不远处，塔川背倚的山峰，郁郁林木随坡度起伏绵延，用笔触勾勒出一般地恰到好处。漫山生机勃发的绚烂，传递给我的是永不止息的生命活力，让人丝毫察觉不到秋日的衰飒和凄惶。兀立疏篱泥径，自由畅快地呼吸，清心无忧地敞开胸怀，体味带着田园气氛的山林野趣，愉悦的情态跃然而生。

是秋天的契阔和疏朗让我不再藏匿心事，是草木的繁荣引发出欢喜，我生怕冷落这七彩的秋，无以言表的真挚情愫一直沉淀，愈积愈浓，不是一时的放逐，而是永恒的深情。塔川的醇厚秋韵，让人看不到悲凉沧桑，只有回归自然的天生丽质，没有营营名利，只有不经世事的纯净。即便是耕地上的农作物，俗常的景象生发遮蔽已久的动感，单纯的意境足以让人心向往之。

当夕阳缓缓西下时，落日的余晖久久笼罩在山巅之上，漫天的霓裳流霞倾洒而落，漫山遍野被点燃般地炽烈生辉。在光影的变幻下，质朴的塔川村静卧在烂漫的红叶中，和周边环境完美地融为一体，散发着遗世的气质，给人的视觉享受让人欲罢不能。我被这浓淡搭配的色彩所感染，脉脉斜晖下的每一处场景明艳瑰丽，闪烁着让人欲求不得的流光溢彩，整个被镀色的塔川仿佛在晃悠着，跳荡着。挹秀深处的田畴，篱前小径上，暮归的村人牵着老牛，传承着古老的生活方式，放眼望去，犹如一幅完好无损地保留下来的昔日图画。落晖渐渐收敛起，尚未收尽之时，一缕缕炊烟从村里冒出来……如此纯美，直摄魂夺魄，在极静的秋日暮景里我能感觉到自己的怦然心动。

暮色沉沉，我侧身避让的顽童自顾嬉戏，毫不理会过往的行人。不时听到秋虫在幽弦低鸣，在停驻的刹那，我又微微闻到饭菜的香味……朴实的细碎间，透出无尽的依恋，凡此种种，再不需要一个恰当的理由，聚合了所有梦想的浓缩之景。一切的一切，似乎已经足够，无论是谁，毕生憧憬的美好景象不过如此，没有尘念的缠绕，就着丹霞醉染的霜天暂作歇息。

无数慕名者带走了一枚枚火红的树叶，将秋捡拾在手心里观赏；摄走了一帧帧真实的风景，把秋嵌进了相框中珍藏。不承想，却把心遗失在了塔川。生命的万水千山，总有这么一处会让人离情难耐，成为遁入梦中的惦念，不知何时，竟成了梦境里的不二背景，且比历次记忆里的光泽更鲜艳浓烈。

注：塔川村又名"塔上"，位于黟县县城东北部15公里处，距宏村景区3公里。塔川村依山傍水，群山环抱，古树参天，村口及周围地带多植乌桕树。霜降后，树叶由绿变黄，由黄变红，中间呈七彩颜色，满山树叶色彩斑斓。粉墙黛瓦掩映在华丽的色彩中，充满了浓郁的中国风。塔川秋色被列为中国最美的四大秋色之一，塔川是激发画家和摄影家们创作灵感的地方。

水墨·倾城

漫山遍野春色阑，无边光景共流连
—— 油菜花盛开的地方

经三月蒙蒙微雨的润泽，风霜熬尽的山野陌上蕴藏着无限生机。初霁的刹那，整个徽州大地，漫山遍野的春暖花开，春意腾腾。铺天盖地的油菜花，轻而易举地铺展村野的半壁，灿烂、缤纷，亦风雅。

无论谁从恰若三月的画卷里走过，春色，越来越深，浓得乱了分寸；花势，越来越盛，满眼的繁花似锦，让人再无法按捺住赏花赏春的兴致。弥山亘野的油菜花层层叠叠地次第延伸，错落参差地绵延起伏，与粉墙黛瓦的徽派古民居相得益彰。山水的灵性灌注到每一寸土地，让徽州的油菜花海景象别致而恬美。

又是一年春来，水墨烟渚的徽州着了新装。俊秀内敛的村落平添了许多生气，行行垄垄的春色溢满所有人家，一派独属于徽州的语言、色彩和符号。诗意的栖居，清幽的画面，这般诗画生活的绝妙境地，足以让世人倾慕不已，纷纷踏春而来，赴一场花事。隔篱相望的油菜花，不与群芳争艳争春，透着触手可及的寻常。

远离城市的喧哗和匆忙，但凡来过，莫不由衷地喜爱上这片土地，寻找到失落许久的心灵。被遗忘的风景竟是唤醒心底感动的后花园，可以静静地，被缕缕柔风滋润着，走在春风里观陌上花开，让自己成为无忧生活的一部分。迫切地向往，能如此长地栖留，由异乡的过客，变成故乡的归人。

天地帘幕间，有年代的老屋静卧在片片黄花之间，彰显出沉寂后的显赫和尊贵，散发着持久而醇厚的独特韵味。自然质朴的油菜花，慢慢向每幢民居聚拢，黑白的素净迎来金黄的色调。彼此一春又一春地约定着，用鲜活之笔将大地暗换，让徽州无处不是景，随处可闻香。目光掠过，仿佛千年的时光交错，当初的原貌跳荡着绮丽的光影。远近浓淡的映衬，勾起心头所能忆及的梦想，不由得欣喜莫名，试图捕捉住这样的极致之美。

春事到徽州，村里村外缀满繁花，经年未曾完成的世外桃源归隐图，得以在此真实地续画。水墨洇开的地方流光溢彩，美轮美奂，不可方物，没来由地欲把睹物生情的感慨写进佳篇丽句。燕子生怕赶不上徽州的春，早早飞回来，久别相聚地喊喊喳喳。花影深处传来柳笛声声，紧攥住羁旅怀乡的心，我竟脱口清唱着旧日歌谣，遂循曲而往。不知牛背上吹笛的牧童是否会豁然于眼前，再现文人墨客梦寐以求的田园憧憬……

缘水而建的水口，总是花遮树隐地深掩住村落，从远方而来的我生怕惊扰到这片幽雅。弯曲的水流似凿穿时空的界限，连贯着村子历史深处，远在花景之外，自有一番意韵所在。我久久不曾挪步，因为我知道，我来了，便再也不会离开了。让自己的身心融入宁静中去，方可杂念皆无地走进遥远的故事里。

独对春回徽州的大好时光，我以温婉娴雅的姿态姗姗而行，花埂小径给我带路。四野不再寂静，鸟雀倏然间往来穿飞，殷勤地逢迎着我；蝶欢莺喜，肆无忌惮地掠过花梢，欲停未停地扇翅，同我一起赏花。年年旧游之路，年复一年的流连，缓步徐行，一身轻松；年年花开依旧，在我途经的路边，无缘由地，开尽一世的芳华。

遍地黄花一片春，禁不住采摘几朵簪于头上，拂满一身的熏香。春深亦印染了我的裙裾，簇簇的花萼点缀，春意如此次第绽放。驻花丛锦帐一隅，芬芳浓郁袭人，此间读诗字句沾香。独得好春光，一味地喜悦着，灿若云锦的华筵上，倾尽盛满春色的金樽。春衫轻扬,以花侑舞,这样的撩人春华稍饮即醉。这一壶春景,浓烈地席卷开来,盈盈地盛满徽州,醉倒无数的他乡之客。

蝶舞翩跹,蜂姿轻盈,一遍遍地贴花起舞,痴恋者般地着意于乡野春圃。疏篱低栏的烂漫花苑,占据了徽州春天里最美的时光,更惹无数的探春者追游和守望。春深的光景是挣不脱的魂牵梦绕,纵然须臾岁月几经辗转,只一眼,便发现自己本就属于这个地方。

无边无垠的花海连着远山,一沐春风便以不可遏止的生命力蔓延,在山谷之间恣意放纵地相连接。入云的深山村落、通天的梯田花海,蓄势上演另一番动人的盛景,呈现出意想不到的无限风光。很难想象,徽州的先民经历过怎样的拓荒,开垦出这样美妙绝伦的梯田群,让生存的家园诗意盎然。花开荼蘼春色正浓,我被包裹在一片锦簇中,沿着山势盘旋的花径,怎么也寻不到园囿的尽头。

纵贯梯田之上的蓬勃花海,跌宕连绵地展示着无穷尽的线条。高低层叠的花海摇曳着流动的韵致,波澜不惊中暗涌着一股浩瀚的力量,让山谷奔腾,如条条黄龙自在遨游于青峰秀峦间;又如巨流倾泻的浪涛,以势不可当之状飞流而下,跳跃不定地泛起金波……涟漪不绝的花海美得震撼,又美得这般真实,引来大批的游人旅者。只想应了这春色,从这头到那头,沿着花径,沉醉忘归地走下去。

如果赶得巧,在刚揭去夜幕的清晨,顺着幽曲的山路,来到云雾缭绕的高处,天色微明，茫茫的白雾从山谷汹涌而来，刹那弥漫群山。上天的云梯亦幻亦真，宛若凌云驾雾而行，这分明是和梦境相衔接的地方，尽情地把遥远的美梦延续。浓厚的晨雾潮汐般地回旋涌起，山村云遮雾罩，花海若隐若现，重重云水激荡出壮丽多变的景象大观。

我已成一团安闲飘逸的雾霭，淹没于茫茫云海，自在逍遥地闲荡其中。当曙日初照，第一束晨光喷射出来时，浮光跃金，瞬息万变。金涛翻滚的雾海气势磅礴、变幻莫测，须臾之间，匍匐于山峦间的卧龙蠢蠢欲动，露出成片成片金灿灿的"龙鳞甲"。波起峰涌中的层层鳞片金光四射，张扬着耀眼夺目的风采，霸占着徽州的春意。这出没无常的巨龙，卷起旋涡吞没众山，翻滚着奔腾，蜿蜒游向云深不知处……

沉浮在水之湄、云之巅，感受天地变幻。漫天的云海稍纵即逝，雾消烟散了，我似从云端凌空而落。漫山华丽婉转的色彩极富视觉冲击力，咫尺之遥，仿佛可以抓得住春光，忘情地投入日暖风恬的阳春时节。此时，心绪舒畅亦通彻，烦恼不知所终。任意选取一个角度，皆是绝美的画面，什么都不需要做，忘情欢喜，静观大地的精美艺术。

最喜的还是微雨春芜的徽州三月，饱蘸浓浓水墨下漫流的油菜花海，刻意点染出明丽的颜色和韵律。在绵长絮雨的渲染中，有如微漾着迷离的心事，待追寻此起彼伏的情韵；又似倾注着满怀的深情，拨动最深处的柔波，顺势随流地放飞自己。那一刻，如徜徉在曛暖宽阔的胸怀里般，畅快而酣然，感到一种许久没有过的释怀。于是，忍不住站在花中央，伸展着手臂，安详恬静地闭上双眼，任由蒙蒙烟雨拂面而来……湿了我的衣衫，润了我的双眼，与春相拥，聆春之声。

千重花浪翻滚的径边，偶有一株嫣红的桃花，最是恰到好处的装点，花影交错中尽显卓绝风姿。正值花期，一段最美的时光，被雨丝撩拨得心蕊塞满诗情。应我梦中的场景湿漉漉地晕染开来，顾盼流连，犹嫌未足，无法抗拒这样的温婉旖旎，沾衣欲湿也不愿醒来。

隔绝不断的春雨最解风情，一扫冷峭之态，轻灵地扬洒一地的春意。那时雨无声无息地纷落，润泽茎梢的簇簇蓓蕾，濡湿了半敛欲绽的娇黄。清新的泥土气息、馥郁的油菜花幽香，让有着几分厚重气度的山村人家，迷离飘忽在潋滟花海中，一副洗去铅粉的超脱模样。匠心独运的春天偏宠着徽州，哪怕是似晴还阴的日子，也不曾辜负春回的美意。花开在前山后坡，缀满屋舍田头，回归最单纯的田园之乐，平凡而不鄙俗，粲然而又雅致。

在我看来，徽州人自古耕耘的不是丰收的夙愿，而是把现世生活巧妙地与自然融合，过着躬耕自给、赏花赋诗的生活。以绵绵情丝浇灌，用心去享受陌上的意趣，动身养心，播种着没有烟火味的诗行。在饰有油菜花纹样的花笺上，正好作一阕新词诉情长，寻绎诗意中别样的春情。

等一场花开的遇见，或浓或淡、或疏或密的村野花景，不需千寻万顾地找寻，而是一见倾心地一路相随。村人自乐其中，最是简单的俗常，最是优雅的愉悦，浑然不觉中，脉脉春意助发诗兴。何须择时择地？逢春的油菜花绕宅开满，寄身其间，带着春天回家。天井下、轩窗边，将余兴未尽的花言花语，就着诗情轻啜小

酌一杯，更添一层醉人意。

　　这场花开贯穿着春季，与旧年昔景相契，着尽徽州之色，自是让人动容。锦绣丛中的村落既显恬淡和悠远，又不乏脱尘的灵韵，这样的平实之美将心灵濯洗得清纯透彻，由肺腑而出深深的依恋。颇有梦回故里般别样的意蕴，田园情趣让人回味久久，赏阅此生所遇最美好的春天。我似曾在此落户多年，无忧地望着翻涌的花海，一望就是一天，洋溢着幸福的感觉。

　　花儿开放的日子，踏尽繁花，满身余香，携回一缕春日芬芳，这样的地方焉不教人心生向往？但凡亲历过徽州的芳姿花颜，无论油菜花的生命有多长，都漫山漫坡地种满心田。犹记得清楚，安好如意的人生，总等得及一场花开，无法驱逐的花香如约弥漫在身边。不为了取悦谁，更不管谁是主，谁又是客，在居家的感觉中，再斟起春色，四处香郁醇厚，漫溢着痴迷陶醉的味道。油菜花汲取了徽州大地的精魂，透着千年文化沉淀后的静谧与安宁，清冽地直穿透心扉⋯⋯

　　注：徽州建筑与油菜花海的完美结合造就了徽州春天的美景，金黄色的油菜花漫山遍野，将粉墙黛瓦的徽州古民居衬托得灵动而隽永。除了鲜为人知的经典赏花村落，随意地融入徽州这片山水的任何一个村落，发现美好如此简单。似锦繁花，安然娴雅，无不被精美绝伦、独具春韵的景致深深吸引。村在花中，人行画里，处处是景，这般旖旎的田园风光让人恍如隔世。

繁华旧梦多少事

水墨·倾城

回首一段隔世记忆，赶赴一场民间盛事
—— 溪头初七迎社公

微雨将尽，轻柔如烟依旧濡湿了我的眉眼，迷蒙间呈现的是雨态烟姿里的临水人家。波澜不惊的双溪水穿村而过，在深深浅浅中流转着雅淡素朴的古风，在涓涓前行中感悟着本源的人文情怀。渐成往事的乡村风物历经时间的淘洗，脉络澄澈清晰，顺着某个角落罅隙，便打捞出记忆深处的一抹陈年印记。

在曲水清影的鉴照下，我似与千年时光对望，于漾动的光感里解读下溪村，试图感受曾经的风雨兴衰，捕捉住真实的沧桑阅历。几名行色匆匆的村人见到我，没有丝毫的疏离，热情地用手为我指点方向。我不知道他们将要赶赴哪里，而前方又是一个怎样的地方。带着笼在心头的疑问我置身其间，他们翕动着嘴唇讲着我听不懂的乡音，可是每个人喜不自持的神态表露无遗。

扑面而来的是久违的气息，一种无法言说的情愫渐趋强烈地渗透全身，仿佛打开时光的封印，囿于散落的旧事片段里。我知道，我已走进赫然有声的徽州古老社庙，敞阔的天井院平素一定堆积了太多的寂寞，让那蓬勃的青苔肆意铺展着。又仿佛是在回望岁月的长廊，老旧的墙垣含着凄清和寥落，一种光阴积淀下的苍凉让生命隐痛。飘摇的烟雨在天井之上的天

空游丝样地荡漾，瞬间便拂动心扉最深处的怀旧情结。也许，真的睽隔太久，当初的模样已被回忆阻隔；也许，真的太过漫长，无数的往事已消逝在风中。可就在神位龛座前的香炉轻烟缭绕之际错身，过眼的几世韶光一幕幕上演。

一副副辞旧迎新的春联焕发着普天同庆的喜庆，神龛前装扮鲜妍的村人举起旗幡銮驾，一男一女两名孩童你颦我笑地挑起大红灯笼。七彩的百叶伞被高高举起，下垂的流苏不停地翻飞飘动，衬托出伞下珠珑大轿的持重和尊贵。不似宫苑繁华，没有殿堂壮丽，可盛大欢愉的场面铺陈了整个社公坛，记忆里分明便是这样的光景！一种熟稔亲切的气氛溢过遥远的岸堤，透过弥深的岁月缝隙传递过来，在周身一点一点丛生，我亦被热烈地感染，心情微酣。

村落为舞榭，巷陌是歌台，一声金锣拉开这出戏的序幕，撒了欢的每个人都是主角。在这个不寻常的日子，他们掸除三三两两的琐碎，卸去淤积在心底的心事，欢畅于銮轩，驰骋在盛典隆仪的队伍间。他们热衷于以这样的方式出场，用高涨的情绪来演最真实的自己。一年一年，年年如是；一代一代，情之所发，已约定俗成地演绎了近千年，被时间的文火熬得浓厚而出彩。我在喧嚣的人群和沸腾的场景里，走进一段恍如隔世的民间记忆，又生生地被锣鼓爆竹种种纷繁夹杂的声响唤醒。时空在远古和现实之间交错，人影杂沓中的我，居然自然而然地承接和登场，拈起香火和迎神的百姓一起纵情欢闹。

细雨初歇时分，接社公上轿的仪仗停在村落水口的社公庙前。几百年了，古树依旧葱茏茂盛，掩映下的小庙是独属于村民的最美好的情感图腾。源于先民对土地和自然的崇拜，产生了祭祀社与火的活动，虽历经年代的演变，溪头乡村社火却一直流传至今。沿袭上古时期的礼仪，对着神灵虔诚地朝拜，带有巫术性地笅杯占卜，无遮掩地流露出原始的遗风。我屏声静气，记忆的藤蔓攀缘而来，缠绕住我的心，也缠绕住每一个村民的心。对社公的尊崇，伴随着农耕文明的兴盛扎根民间，在先民的心中，社公能驱鬼逐疫，庇护五谷丰登、六畜兴旺，是村民信仰的寄托、灵魂的归宿。因此，民众对社公的顶礼膜拜，是最自然不过的事情了。

经香火浸润的小庙，添了一份烟笼雾罩的神秘，迎神的老者诸般迎请，在征得社公应允后，将"溪源大社社稷明公尊神"的神牌捧下，在迎入轿中的那一刻，整个画面又活了起来。被捡拾的一枚枚记忆就这般拼凑在了眼前，大轿缓缓而行。旗幡猎猎招展，锣鼓爆竹震天动地，人群恣意怒放笑颜，凡此种种，组成了娱神媚众的一场狂欢盛事。我俨然一位退去世味的村妇，带着难抑的喜悦，赶集似的融入人群里，奔涌而出的一腔热情倾泻入这古朴的欢腾盛宴中，再没有任何的顾念，一任这样的情思风生水起。

踏着经久不绝的喧阗声，沐着浓重的烟火穿街过巷。游神途经之处，庭前爆竹声声，锣鼓震地喧天，看尽百姓普通平实的宣泄，折射徽州民众淳朴的天性。烟雾缭绕开来，直至弥漫了整个村子，一派盛世烟火的繁荣。那份鲜活的热闹，重现感人肺腑的世俗

精魂；那份真切的生动，铸就荡人心魄的民间华章。所有言语的表达都已无味，如此亘古长流的传统，才是真正文明的源头。

只道是寻常，不用精心排演，却释放出与众不同的艺术境界，在徽州的土地上流传和延续。我无法考证每一个精彩的细节，可是很多东西在心里竟积淀得这般久远了，其痕如斫。细细咂摸纷繁的过往，又不经意地在人神共欢的嬉闹中得到一种美好的满足。

人群如水衍溪流般地在村中游走，辗转多时会聚到出发的源头。我挥去遮住视线的萦烟，不远处的社庙依然是一副徽州独有的古典仪表，在疏雨的润泽下内敛着悠远的风貌。一位脸庞褶皱横生的老人依靠在大门前，翘首以盼地恭迎社公菩萨的到来。老人神态安宁，目光充满了坚定，我从她身边走过，无缘由地生出一份虔诚。对于村落的原住民，社公菩萨在他们心中有着至尊的地位，是守护一方平安、承载现世安稳的神灵。溪头民众到这一天就迎社公到村中上香奉祀，消磨的光阴为这一切留下有痕的印证——社庙，成为本乡本土民间最崇高的拜祭场所。

社公坛的祭厅里早挤满了前来朝拜的村民，他们等着上第一炷香，祈消灾，求福祉，希望得到神灵的厚赐和庇佑。祭社活动在他们看来已是驱邪禳灾、保境安民的象征，没有复杂的情节，却是最虔诚的供奉。古往今来，祭祀社公更是宛如一根绳索，挽起宗族群体，使人们和合同心。一族与一方山水结一段地缘，对土地充满了敬仰，心怀感恩，不管年代如何翻新，都是族人深深的眷恋和皈依，这是他们最初的家园，也是永远的家园。

社公菩萨上座神龛，接受庶民的朝拜，主祭者开始宣读祭文。保存完好的清代祭文在耳畔回旋，似回溯人间百事，又似勘悟世间万象。晦涩难懂的言语将我带到旧时光里的高古意境，一段似曾相识的场景，一段犹似经年的对白。我握住香火的双手在胸前合十祈祷，希望从此一份份的期盼在生命中次第实现。多少年来，人们祈盼社公菩萨保佑乡里安宁、家宅平安，更多的是在不安的流年里，给予民众一种依托。

我在鼎沸的人群里拥挤着上香，不知是焚香的烟灰还是燃放的爆竹，抑或是太浓太腻的习俗年味把我呛伤，我止不住地泪水脱眶。何时，空中又飘起了雨，细雨霏霏，润物无声，潮湿了我的心，更加锈蚀了我的双眼。我久久不能释怀，可我坚信，这份深深植根于民间的丰硕文化不会遗失在人们的视野中，虽逝了流年，却犹见岁月风采；虽被时间风化，却没有老去，在历史的沉淀下不断地被世人唤醒，并永久传承。

注：江西省婺源县溪头乡下溪村，现存徽州最大的社庙——下溪社公坛，是历史留给我们研究社公文化的"活化石"。社公旧称"土地神"，下溪村迎社公活动一般从每年的正月初七（人七日）开始，到村头水口处迎接社公牌位到村中社坛或社屋，整个过程分为迎神、娱神和祭神。直到正月十九日，又举行仪式将社公送归村口。社日是古代传统社会狂欢的日子，人们迎社公，吃社酒，看社戏。

水墨·倾城

离合悲欢演往事，嬉笑怒骂唱春秋
—— 寻找古戏台

走进村落古祠，意外发现了戏台。在时光的磨砺下，木制的建筑笼着积年的晦暗光景，投影入眸的是一派萧索残旧。我的眼睛里满是疼痛和苍凉，人去台空的荒芜一寸一寸爬满心头，似有遥遥的阻隔让彼此相顾无言。我俯首张望，找寻失落的人情风物，一梁一柱的华美隐约可见，记录着当年演出的盛况，更衬出古戏台与众不同的落寞。被冷落得太久了，纷繁的过往早已被流年收起，透过遗存的碎语片段，延续着那未曾讲述完的民间故事。

时间的长度产生的距离让人凄惶，万千言语、万千念想，让我欲诉虽淡漠在视野里却独属于古徽州的民间欢宴。那一袭绚丽缤纷的戏服，那朴实粗犷的功架作势，一台台好戏，在徽州大地上熠熠生辉。一切不再只是一场记忆，我似听到徽胡响起，能感受到乡亲们的喝彩，曲曲声声经久不绝。天井遗漏下暮春熹微的光，我的眼前生动明晰起来，一个个模糊而鲜活的身影在戏台中央走来又走去……

只缘于徽州百姓的生活习惯和社会风俗，依托着庙会平台发展，竟无意中拉开了徽戏的序幕。这源于民间、兴于民间的戏剧，随"四大徽班"进京名满万世。同一根藤蔓，摇曳着徽剧和京剧两朵艺苑奇葩，技压群芳，开得姹紫嫣红，惊艳了世人，为华夏文明增姿添彩。搭台唱戏亦演变成乡风民俗，在徽州本土扎根和盛行，那些繁华，绾成水墨徽州里斑斓的色彩，鲜明真切而不褪去。

逢佳节喜庆、祭神祭祖，与祠堂浑然一体的门厅戏台，都要演戏唱戏酬神，与天地神祇祖先同乐。锣鼓声大作，簇拥的村人早已放下手里的活计，纷纷赶来凑这热闹，入场歇谈，只等戏开演。一切喜怒哀乐融入每一个角色、每一种人生。演出在娱悦乡民的同时，更是用罚戏的方法维护着乡规族约。民间作兴罚戏，诠注着徽州人对待生活的态度，确也说明寻常百姓对戏的喜爱和痴迷。

明万历二十八年（1600年），徽州府举办迎春赛会，在府城东郊搭建了三十六座戏台。其中一个徽戏班中的一位十五岁的演员，色艺双绝，轻歌曼舞，在《蟾宫折桂》中饰演嫦娥，当她仙姿绰约地跃然于众人眼前时，似从天外飞来。"一郡见者，惊为天人"，遮掩不住的耀眼光芒，令萃聚竞技的吴越名伶相形见绌。整座城，因了这赛事，鼓乐声喧不绝于耳，人山人海争相赏戏，纵情欢愉。极其简洁的语言写尽新安的一场喧闹靡丽。那是怎样的迎春之盛，令我不禁涌起阵阵感叹，追溯那非经历而难以尽知的震撼场面。

随着徽班兴起，徽州一带徽班林立，戏曲活动更加繁盛，迎春、秋收、庙会、祭祀、寿庆、婚嫁都要搭台演戏。民间的乡土戏班，在集镇庙会空旷处高搭戏台，角色行当俱全，服饰装扮华丽。他们把生活小戏搬到戏台上，花腔杂调，诙谐风趣，不拘泥于传统，重头武戏的功夫精当高超，要有博得全场拍手叫绝的技艺。他们日间唱徽戏，夜间演目连，如此煞费苦心地讨世俗喜好，取悦了观众才能名噪四乡，声誉日隆。与此同时，奢华的徽商巨贾蓄养的家班广征名旦佳角，培植童伶，班社讲究气派，演艺功底扎实。徽商邀朋待客时，谈曲论艺，歌舞侑觞，何等惬意。

每一出剧目、每一声唱腔、每一个表演，风情独到，雅俗共赏。淳朴浑厚的地方韵味、语言道白上的方言土语、压台武戏里精湛的绝技，尽显浓郁的乡土生活气息，是烙印在民众心中最炽烈的情感图腾。他们把看戏当作生活的一部分，热衷于此，与戏有缘。平素含情敛意，看戏则欣喜若狂，身临其境般进入戏中的场景，跟随剧情不亦乐乎。这是他们想要的生活，他们固执地坚持着这样的生活方式，不知是沉沦在戏中太久了，还是已把生活唱成了戏。

　　只是没有想到，一如戏里的聚散离合，这出戏会散场这么久远。永演不衰的万年台遂无人问津，不再有演戏人，戏台渐渐被人遗忘。忧郁低沉的还有村里的老人们，他们不愿出戏，虽然台上没有声情并茂的戏子，但他们自己拿起乐器，接着唱起来。辍艺归农的老艺人，在手抄本上工整地注上工尺曲谱，希望能够代代传下去，一时的静寂只是筵散，终有一天会再焕神采。殊不知，在漫长的过程里，人已变老，空置的戏台生了绿苔，渐渐被时光遮盖甚至掩埋，徽剧几成绝响。

　　我望着缄默的戏台，说不出来，却能体味到些许幽怨，像极了脱去红装的素面青衣，翻折着水袖后跌倒在台上，流于颓靡的样子。残垣旧迹折射出当年的富丽堂皇，独特精妙的设计布局、飞金走彩的演出舞台，炫耀着昔日的恢宏和鼎盛。整个戏台饰以精美的木雕，尽管遭到入侵者的侵略，尽管透着岁月的沉淀，但只一眼，便浮梦乍醒般地惊住，悄然漾起心灵最深处魂牵梦绕的一抹记忆。戏文故事被细腻展现在隔板

横板上，生动的情节、不同的人物形象，以及树木峰峦的背景，情和景巧妙地精雕细镂，构成刻骨铭心的无言意境。

戏台两侧的廊庑建成了观戏楼，一扇扇镂空花窗内收藏了层叠的光阴，让我看不真切。总是踟蹰，触摸不到真实的今天，过去多少年的狂热恰如就在昨日，又生怕明天悄然遗忘留存的传统，盛衰兴废委实难以揣摩。过去的一幕幕在眼前重现，分明听到袅袅的韵律绕梁传来，犹自拂过我的耳畔，在深深的天井院弥散开来。台上的头牌名角脸上涂抹艳丽的油彩，一身身的桃红柳绿，飞动流走地周旋在戏中。我忍不住来到戏台中央，春燕样地穿飞在人影里，甩动长袖飘摇飞舞，每个动作自然地衔接。这样的演出曾经有过，似曾相识的场景不再缥缈无凭，身手不凡的拿手好戏博得了满堂彩，此起彼伏的欢呼声犹在。宫阙似的戏台重檐斗拱，戏场耀眼夺目，悬挂的花灯不会熄灭，一出一出的连台戏要长久地演下去……

回旋顾盼间，一个重心不稳，我跌坐在正台的栏杆旁，两厢乐间的伴奏声戛然而止。欢娱恨短，是我已入戏，一个人的剧本里，唯我独舞。又怎能还似当时？没有寻热闹的看客，不见民间徽味的浓重，陈年风物成了主角。我隔空与韶华盛极的往昔对话，上方的藻井层层聚拢我的话语，将我的声音渲染开去。确实离得很遥远，道不尽那些年的歌舞升平，最是开场锣敲起举族欢腾的场面；可确实离得又很近，同一个舞榭歌台，顷刻而已，嬉笑怒骂间却已唱尽数度春秋。

此后，每经过一个村落，走在幽深的小巷里，不疾不徐的曲声似就在前方回响，我在依稀可辨的声音里寻找古戏台。高高的戏台依稀尚存，破损不堪的雕栏旁故人不再，爱恨悲欢在现实中次次上演，再换不来一声回应。惆怅地站在空空如也的戏台遗址上，风时时拨动无序纷杂的思绪，从故景里咀嚼出遗憾的滋味。即使戏早已结束，循着飘荡的回音,捕捉民间最真的姿态,故风犹存,是我不自知,那音符如历史般厚重,不知不觉在心里生根。

每每听到乡间有演出活动,我总遏制不住自己的满心欢喜,热衷于追逐并未走远的传统徽剧。一出出精彩纷呈的大戏继续在民间这个戏台上演,铿锵有力的唱腔、各种花样的杂耍,无不透露出古老的蛮越遗风。是相别得太久远,自生一份离恨,青瓦白墙下的我泪已湿襟,沉浸在独特的氛围里。这是我要找的一种感觉,来自徽州乡村的地道和纯粹,凝聚了所有的语言、色彩和音符,前世旧识般地熟悉。枯竭的心灵瞬息被润泽和填充,激荡出最深处的感动。我无法控制住自己的情绪,脸颊上安静地流淌着擦拭不去的泪水。

一招一式传递着民间符号,几句唱词便诉说出过去的风华和张扬,独有的文化积淀不断升腾,我仿佛触到徽州的根和魂。这枝朴素的艺坛之花洋溢着生命的绚烂,彰显出生命的魅力,满载着至情至性的地方风情,演变成经久不息的民族谣,流传不止。

注:现存的古戏台基本上分布在祁门县城西新安乡和闪里镇的汪家河、文闪河流域,大多建造在宗族的祠堂内,是祠堂建筑的一部分,集实用与艺术于一体,反映了古徽州鼎盛时期民间戏剧艺术的真实面貌。这些戏台内容丰富,极富地域特点,且具有代表性。它们以"布局之工、结构之巧、装饰之美、营造之精"而被世人称奇,不仅体现了中国古代民间建筑的艺术风格,而且体现了古徽州经济文化的重要特征和乡风民俗。

水墨·倾城

耀世锋芒惊鬼蜮，义气干云塞天地
—— 许村舞大刀

落了一阵急雨，突如其来，容不得我再细细品味沿途的年味。匆匆迈进敦睦堂，抬头的刹那，猝不及防地被破空而来的威武之势震住。入眼的不是穿堂而过的雨水，凛凛然，数十把大刀排列开来，古老的祠堂展露出壮阔而磅礴的场面。一时间，我惊奇得说不出话来，目光所及处，是许村人忙碌的身影，举族合力，在元宵佳节这一天，进行一场已流传千年的仪式。

华丽的雕梁下，村人们手里拿着不知是哪年的物件，相互配合得恰到好处，用竹子和布制作出祖传的大刀灯。为首的大刀是整个族人的骄傲，众人擎起来拔地参天，恰似在民众心中的分量和声望。几名长者围着大刀，凭着多年的经验查看每一处，看当天的活动能否顺利完成。他们放下自家的小事，倾尽心思放在纯手工制作的大刀上，简单平淡的动作，让我内心的某个地方忽地感动。源自一丝不苟地对待生活的态度，用年年恒定的标准，审视手艺的细枝末节。阅历尚浅的年轻人主动请缨加入，专注地学习古老的功夫，希望有朝一日自己也能在技艺上略高一筹。独特的技巧，传下的绝活，用无声的文字，代代口传手授，承载着一个家族的历史。

庞大的刀身上绘有先祖许远持刀策马的图案，其"守一城，捍天下"的忠义壮举传颂于世，许远在徽州民间被百姓奉祀为神。安史之乱时，睢阳太守许远和张巡协力守城，共御叛军。睢阳被困数月，城内弹尽粮绝，外援不至，二人双双被俘殉难。他们誓死抵抗，保全了江淮半壁，千万民众性命无虞。忠义公许远尽忠竭力地守城卫国，义薄云天的舍身气概，给世人树立了一个担当担责的表率，亦留得英名辉耀青史。许氏后裔以义为先，子孙后代怀揣一颗义心，在各自的领域施展抱负，义行天下。

时光在瞬息间逆流，隔了千年的回望，其风犹在，大刀是许远义行义举的象征，更是许村人的精神柱础。爱习武的乡人，在秉承许远刀法的同时，用心做出大刀花灯。

岁月悠悠，故人的气节不散，刀刀犹见英烈的精魂，须臾，我的内心充满了虔诚的敬意。正因如此，那两丈许的大刀，是言难尽意的深深缅怀，是令人仰望的高大丰碑。

在这传统节日里，遥遥十里许没有比舞大刀更重要的事情了，这是每个人最关心的乡梓族事。一把大刀一脉相连，是许氏家族凝聚的纽带，在外的族人、赶来的宗亲，又久别重逢地会聚在一起。他们有共同的话题，有共同的心声，相见甚欢，相谈甚畅。许村的百代刀客们就这样，族心凝聚，辈辈传承并发扬光大，大刀依旧保持着千年的本色。

不时有人敬礼上香，延续着千余年前古老的祭祀习俗，肃穆威严的供桌上祭拜的香火袅袅，牵引出许村源远流长的文化记忆。不管世情如何变幻，同宗族人都维系着对祖先的敬畏，尤当严谨地遵循着规矩礼数，不曾有丝毫懈怠。拜谒的同时昭示后人以义传家，在少年的心中点起"义"的火种，胸怀大志，执着奋发，燃起一生永不熄灭的火焰，这应是大刀灯的起源。在每年最心怀期待的日子里，遇到久久不息的雨天，若不停，就妨碍了这场盛事。檐雨声声，细密深透的雨水洒满天井院，村人不时张望着，祈盼骤雨停歇。

天佑许村，雨终于停了，天渐放亮。门槛内倚靠着手拎火笼、头发花白的老妪，阴郁的心云跟着消散，露出不掩饰的率直天真，眼角眉梢都透着欢愉。我的心亦然，藏不住的喜悦暗涌，仿若背井离乡多年的归人，一下便寻到了乡愁般恋恋的滋味，近乎本能地尊崇眼前的一切。傍晚时分，孩童们戏耍起为他们量身定做的小小刀灯，任凭小刀腾空飞舞，里面的烛火灼灼闪亮，让我深刻感受到先辈们的无穷智慧。

此时看客如云，大刀小刀隆重出堂，四串长钱灯穿插其间，浩浩荡荡游舞十里长街。最前面的头刀由数十位壮汉合力抬起，壮汉们个个神采激昂，流露出男子的大气和威猛，引领巡游队伍前行。欢快激烈的腰鼓助兴，震耳喧天的锣鼓助威，参加游灯的乡里乡亲跟随在后，场面庞大，气势恢宏，一派节庆的欢腾。村人们紧紧跟随，穿行在小巷深处，狭窄的街道贯通彼此，络绎不绝的人潮涌来。我忘乎所以，走进梦寐以求的古韵，民间风情散发出的厚重，在震撼的场景中被展现得淋漓尽致。

巡游队伍声势浩大，途经之处堵街塞巷，各家各户爆竹喜迎。大刀传递着先祖的

水墨·倾城

傲然风骨，给予民众更多的来自信仰的崇拜和力量。村人驾驭的不是普通的大刀，是义的正气，是笃守坚定不移的节操，是许氏家族的品质。高昂的情绪、饱满的状态，透过他们的每个动作，能强烈感受到揳入生命的某种情愫在沸腾着。我在雄浑、粗犷、豪迈、奔放的表现形式中，找寻真实的解读，试图发现详尽的注脚和说明。

这遗存的民俗民情，被时光酝酿得醇馥而浓郁，不经意间走进，顿生一种狂歌痛饮的欲望！村前屋后人声鼎沸，众情激昂，喧哗热闹声响遏行云。一腔豪气自肺腑倾出，让我心潮鼓舞，意气风发，豪迈的真性情在涌动。先民以刀灯为载体，提醒自己并告诫后人，要有满怀抱负的雄心，才能有所作为，才得以守护幸福和平的生活。

数里的游行队伍望头不见尾，浓重的烟火经久不散，走街穿巷过田畔。夜幕初临的陌上，只见刀灯微光闪闪地绵延开来，宛若时隐时现的长龙，腾空逶迤起伏。在欢声雷动中来到千年的水口，周边的古建筑群保存着古朴的风貌，记录着许村的辉煌显赫，昔日的繁华富庶不须多言。若干年来，许氏家族兴旺发达，留下了丰厚的人文精髓，许村始终是有着众多故事的文化名镇。

这是祖辈们用心打造的家园，似得到岁月的殷殷托付，依然无恙地守着约定不曾老去。诸多年代遗存的古迹被今晚浓烈的气氛渲染着，热情而充满生机，不减当年的风华。原住民和归来故里的游子们，早已挨挤着来观看，延续已经传承千年的狂欢。于他们来说，故土是情难自禁的眷恋，舞大刀则是梦魂萦绕着的神往，此时的等待，总是那么亢奋和欢跃。喜气云腾的节庆氛围，让人不由得恣意地撒欢，与纯粹的徽州传统融合在一起的狂热，让我感受到来自生命的脉动，一场身体和心灵的放逐。

今宵隔世千年一舞，众人用血脉相通的热情，擎起大刀，尽显坚挺的铮铮铁骨。盏盏刀灯一字排开，透露着征服一切艰难险阻的霸气风范，纵横驰骋于沙场上的万丈豪情喷薄欲出。当数十把刀会聚在一起时，熠熠闪烁着的光芒，似要刺破朦胧的夜空。大刀擎天，庄重而威严，与五马坊并齐，交映生辉地岿然屹立。雄壮凌厉之势气若长虹，纵贯九霄天穹，涅槃出一个民族最深处的精神。霎时，所有人的情感爆发开来，激动不已的欢呼声在四方回旋，给雨后的冬夜平添了几分暖意。

我的视线随之上升，享受万众仰望的民间乐章，空气中澎湃着凛然浩气。在许村民众看来，大刀蕴藏着绝世锋芒，驱魔降怪惊鬼蜮，是本族人的图腾和信仰。在动荡飘摇的年代，鬼魅作祟的世道，先民盼望一种百邪不侵的浩瀚力量，来安抚和宽慰不安的心灵，豁达地去对待生活。大刀驱赶净尽，成为人们驱鬼逐疫、擒魔斩怪的精神寄托，是许村人不畏艰险、勇对困难的生命之刀。

炽烈夺目的大刀，不息不绝的热情，千年真朴情感的堆积，那震动人心的力量撑起一片天地。一时间，身处异境，追忆先祖，展示自我。不管今后走到哪里，都会把这份坚守装入行囊，在人生之路上，义行桑梓，善举传递。凌空的大刀似撼动大观亭翼角下悬挂的风铎，铁骨峥嵘地晃动着完美的弧度；光影潋滟的高阳廊桥，横卧在昉溪河上，河水倒映一片溢彩流光，构成今宵最美的风景走廊。

越来越多的人加入巡游长龙，时而兴云吐雾穿牌坊，时而俯首翻腾过廊桥，放纵恣肆地游走到豁然开朗的社前广场上。在这里，要进行"大刀割麦"的表演。陡然而起的大刀在生养不息的土地上飞速起伏，塑造出丰收年里的收获景象。众志成城舞起的大刀似有千钧之力，满怀着希冀，迎来丰收的成果。

　　大刀舞张扬着生命的活力，急速旋转的动作唤醒今古梦，被糅进了美好心愿，是真实情感的回放。诸多的热闹之外，大刀承载着人们对风调雨顺、人寿年丰的期待与渴望。一直以来，先民对大自然充满敬畏，希望通过神灵给予他们的庇佑，消除各种病瘟灾害。英烈忠魂永佑许村，对待逆境，许村民众凭借坚强的意志和不屈不挠的精神迎难而上，并走出去，背井离乡地讨生活，成就一批闻名乡间的儒商大贾。

　　以锐不可当之势表现出在广阔的麦田上收割的情景，大刀寄寓着顺遂人意的祈盼。此起彼伏的雷鸣声使人倍感振奋，在何种境况下，对生活的热爱都不会冷却。我的耳朵里灌满了语笑喧阗，无休无止地重复回响，恍惚间，似听到街巷中熙来攘往的嘈杂喧闹，又似听到箬岭古道上的马群嘶鸣不止……岁岁年年，许村民众绵延着舞大刀的传统欢度节日，将大刀烙印成永恒的图像、一个家族繁荣振兴的符号标记，通过这样的仪式活动，讲述着先祖的故事，继续着千年弥坚的习俗，生生不息地传承下去……

　　注：每年的农历十五元宵节，歙县许村都会举行舞大刀灯的民俗活动，关于舞大刀的起源，有两种不同的说法。一、纪念先祖许远的忠义之举，许氏后人以义传家，缅怀忠烈，教育后人。二、斩杀怪兽"长脚鹿"，驱魔降怪，保境安民。不管哪种说法，许村的舞大刀代代传承，在传承忠义公许远的"许家刀法"的同时，寄托着对美好生活的祈福。许远被后人奉祀为保仪尊王，俗称"尪公""尪元帅""许元帅"或"文安尊王"。

都是江南旧相识

水墨·倾城

华枝春满，岁月静好
—— 钟声瓶镜

一轴浓重的水墨画，引得世人忍不住地入画窥探，墨色积染，安谧清俗，泅润着无处不在的静好。极尽绵绵的诗意，萦满脉脉的温情，催人生出恬淡安然的姿态，仿佛只有闲庭信步地行尽徽州，才能真正探访到其独有的风雅和韵致。

初见便似相逢，我不再是访客，彼此心意了然。带着无法言说的欣悦走进老屋，陈旧的摆设勾起我由淡而浓的记忆。不管是官邸商宅还是寻常人家，自鸣钟、花瓶和镜子被摆放在厅堂的条桌上。经年累世的安稳妥帖，落实在生活的每个细枝末节里，不经意地体现出来。垂下岁月的帘栊，静坐在时光深处，听闻清幽无尽的钟声，舒缓地流淌悠悠往事。徐徐余音荡去嘈杂，滋润抚慰我的心灵，让我在纯净如水的意境里，感悟徽州人的"钟声瓶镜"。

静谧的光线透过天井照在堂前，将数年不变的背景小心地翻阅晾晒。循着质朴的陈年风物，细细找寻倾注主人的理想和追求的世态人情。精致的瓷花瓶多是常见的传统纹饰，尽管落满了岁月尘埃，图案却依旧锦簇。有些人家会在瓶里插满缤纷的绢花，枝枝繁华，充满生机，自顾自地静室独欢，让人不觉单寒。在徽州人眼里花瓶别有意蕴，不管在外如何闯荡奔波，经历怎样的沧桑变迁，花瓶一直以安静的姿态，繁花盈枝地绽放在心中，缔结一生的平安如意。

古老的座镜默默收容着厅堂的一景一物，映照出庄重严谨的内在。徽州人追求疏野淡泊的田园生活方式，虽居僻陋一隅，亦修得傲世的儒雅。我临镜而望，试图窥探尘世的浮浮沉沉，找寻深宅堆砌的斑驳旧事。只觉镜面生凉，镜里镜外都被稍纵即逝的一段时光遮掩，看得见眼前的景象，却无法真实地触摸。有太多回不去的曾经，时光的镜被拂拭得无迹可寻，只有留存的儒风，蒸腾弥散在每一处。

似曾熟知的场景，上演过一幕幕冷暖交织的故事，岁月拂掠下的旧物，见证无数

水墨·倾城

悲喜盛衰的过往。没有人可以参透聚散离合的因由，出门在外坐贾行商的徽州人，用尽全力打拼，将人生禁锢在不知归期的征途上。不断前行的路上负载了太多的沉重，被命运的洪流牵引，在波澜起伏中走东闯西，浮萍样地漂泊生存。尽管无法掌控世事的变数，然而奔忙不暇的徽商一路都在筑梦，求取对生活的一份祈盼，希望有一天，可以如愿以偿地功成身退，回归故里，静坐堂前，听钟声在耳畔游走，观天井之上的日月星辰，这样的光景平淡坦然，却禁得住无休止的回味。只有经历颠沛流离，尝过旦夕祸福，才知道现世安稳的日常生活弥足珍贵，得意与辉煌不过是华丽的过场。

　　恰逢梅雨季节，雨丝时不时地顺着檐角洒落下来，滋生出细密的青苔，绿了天井下的石隙。隐隐听到低沉的心语倾诉，我屏息静听，多少风雨历程，多少煎熬磨难，引我蹙眉心痛。被风蚀的旧物掩盖了过多的心事，斑驳的模样留下时间的伤，经得起流年、耐得住光阴的还有一颗守候的心。旧日里，高墙窄窗下的妇人对镜梳妆，孤寂满怀，相思太厚。牵绊和挂念贯穿了经久的人生，无法排遣的离愁别苦交付给天井之上的一抹星光，岁岁朝朝，祈盼离人如期而归，相聚的场面在镜中次次上演。

徽州女人是历史的一面镜，芳华殆尽，负了一世韶光，用一辈子来兑现诺言。哪怕镜子被时光磨暗，再照不出年轻靓丽的容貌，依然无期无边地固守。生活因这等待不再黯然，俯首扬眉间的女子有着与徽州景致相媲美的柔婉，她们持家有道，于方寸深宅庭院，不惊不扰地淡看指间烟云。素来的文化涵养让她们品行高洁，平日居家闲暇，便与笔墨为伴，倾诉深闺哀怨以及无尽的相思。

一生情缘，半世离殇，东瓶西镜成为徽州民间求太平的象征符号。徽州人处事不张扬、不显露，每一件物品的摆放都深藏着讲究，不露声色地表达着对生活的寄托和祝福。尽落眉间的旧物，透着永恒的平静和安宁，先人的遗梦在岁月流逝中继续上演，不需提及，无声的沟通已让我悄然意会。寻味的寓意让我感受到深入骨髓的安暖，每一寸肌肤得到最闲暇的放松，只觉惬意生遍，悠然自得，云淡风轻。

周而复始地走动的自鸣钟，走过纷扰和无常，走过荣华和兴盛，从容不迫地洞穿人世。尽管不停歇地回到最初，却已再不是昨天。每个人的命运无法拿捏在手，只愿时时安好，泰然安逸地与时间同行。我认真地聆听经历了无

数轮回的钟声，心底升腾起袅袅馨香，心安气静地看世间百态；声声又似殷殷唤我，尽享流年烟火，许我一世长安。

　　疏雨、钟声、墨香、古韵……营造出略带禅意的氛围，时间恍然慢了下来，便臻清静平和的妙境。这样的境界惹人贪恋，令人赏心悦目，听音修心，一种跨越年代的相知，一种永隔纷扰的贴近。我只需静默不语，便已卸去沾有世味的粉饰，在不疾不徐的钟声里慢慢悟道，直至把一切看淡。

　　"钟声瓶镜"衬得一派恬静韵远的格调，与所有的喧嚣隔绝开来，延续着日复一日的美好，不曾被岁月剥蚀。历久不变的布置摆设勾勒成不可或缺的民间片段，一代又一代的徽州民众最真实的情感充盈其中，有枝有蔓般地炽盛开来。他们坚守着流传的习俗，将"钟声瓶镜"的寓意"终生平静"作为一生的夙愿，不是甘于平庸，而是千帆过尽归于平静的淡定和自信。"终生平静"亦是徽州人的处世之道，不管是兴旺发达的徽商巨贾，还是声名显赫的文人士大夫，纵然历经世事，皆以荣辱不惊的宁静从容面对各种纷扰，是经徽州文化积淀练就的一种旷达的人生境界。

睹物生情，一种别样的情致一寸寸地渗透进眼前的意象，蕴含深永，徽韵无穷。我难以明言，只能独抒感怀，随钟声千回百转，在心头攒聚成结——深深的徽州情结。由此牵系出一个民族历史悠远的文化脉络，一旦触及，便再按捺不住泛滥的情感，念念生成由衷的祈望：唯愿，山河万朵，安然无恙，华枝春满，岁月静好！

注：走进徽州人家，正厅厅堂的条桌上是几近相同的摆设：自鸣钟、花瓶和镜子，自鸣钟居中，东瓶西镜。所谓"东平西静"，无论走东闯西，都能平安宁静。徽州民间亦有"东瓶西镜求太平"的说法。当钟声响起时，钟声、瓶、镜传达着"终生平静"之寓意，这已成为徽州的一种习俗和文化。

水墨·倾城

檐间阵马齐奔腾，万壑有声驰村野
—— 高耸的马头墙

顺着重山环峙的古道走下去，一个村落的影廓尽收眼底，错落有致的粉墙黛瓦掩映在青山绿水中，散发出遗世独立的气质。定睛俯瞰，极静里竟感觉到极动，勒不住的群马，昂首驰骋在丘壑连绵的群山间。那奔腾疾驰的神韵，与自然布景融合天成，千年未改。

黑白相间的色调，恰到好处地勾勒，如不浓不烈的水墨画般素雅，让整个徽州大地充盈着古典的娴静。淡而久远的旧时风物，因这一叠又一叠的马头墙，横扫沧桑之态，突破时光的禁锢，尽显含蓄空灵的独特风情。

大片的云朵围着马头墙飘动，古老的村落踏尽千年的光阴，呈现出轻盈矫健的生命状态。那错落有致的律动之美，不可阻挡地掠过心间，我顿生收入囊中的冲动。闲暇时可以展开画卷，满纸里好好回味，马头墙那挥毫泼墨的几根线条，笔势翩然仿若伸手便能触摸到源远流长的历史。其实，这片风景早已植根在心，留下深刻的笔墨，昂首向天的马头墙，更是浓墨重彩地成为永恒的徽州符号。

目光所及的村落，卧于起伏的峰峦间，古树茂林环绕，田畴阡陌纵横。遥望，梦寐以求的故园淡定地保留着最初的模样，维持着当年的静美。风过，岁月的馨香阵阵，隐约能听到远古的呼唤，浓得化不开的眷恋，瞬息把内心填满。气宇轩昂的马头墙，增添无比宽阔的想象，亦让屋顶不显空落。流畅生动的线条张弛有度，一派朝天的傲然神态，守望着千山万水，以一往无前的恢宏气势，守护着脚下的村民族人，彰显出蓬勃的生命力。

顺应着山势的起伏，脱缰的阵马飞奔而来，亲近并融入了自然。马头墙挺拔的身影，和山水绝妙地结合，带动着人的思绪驰向远方。马头墙与草木山川遥相呼应，让内敛的村落，始终保持着一份素雅灵动，视觉上不会产生厌倦和疲惫。

水墨·倾城

    村野檐间策马齐奔,那仰天长啸的高昂、那俊逸洒脱的不羁,无声地流露着睥睨世俗的表情。似要腾空而起,冲破束缚,飞跃进绵亘的重峦之中。马头墙未曾离开我的视线,在层楼叠榭的映衬下,如高低起伏的群马般势不可当,那奔腾不息的力量,让整个村落呈现出蓄势待发的张力。一瞬间迸发的还有我的热情,许是凝聚了太多的期盼和缱绻,以奔赴的姿势,投入容天纳地的豁达胸襟。

    飞逝地踏过悠悠天地,纵身已数载,翻腾而起的历史尘埃,消散在滚滚流年里。顺着轻烟下的岁月足迹,我迫切地找寻遗落的旧时光。心情不言而喻,一种无法割舍的情感漫开，马头墙望远盼归地呼唤着。我犹如失群的马儿，忍不住振臂相呼，一种说不出的畅快，令我直奔而去地迎合。

眼角眉梢止不住地欢喜着，黑白浓淡之间生成徽州这般景致，保持着初时的模样，尤觉亲切。马头墙恣意徜徉在一片澄净通透的蓝天里，收纳了一片薄云、缕缕清风。同时，似也在放牧着我的心灵，让人忘乎所以，回归最纯粹的本真。

走近，再走近，田埂上有顽童追逐嬉戏，闲暇的村人坚持着自己的生活步调。没有寂寞丛生，而是一种过尽千帆的恬淡。我在必经的水口，迎来旧景故人般熟稔的气息。高墙深巷，重门紧闭，无拘无束地游走于村落，往事纷至沓来。

沿小巷而行，游入鼻息的陈年味道越发浓烈，久久不散。独立于粉墙之下，生起无限遐思。阳光穿过高耸的飞檐翘角，漏下的光束覆上我的脸颊。浮光掠影中，马头墙从容地屹立着，尽管时光飞驰得让人张皇。在经历过风霜雪雨的淬炼，沉淀出日积月累的沧桑后，马头墙秉性一如当初，当从白色的墙体探出昂扬的神采时，古朴的村子顿时生动鲜活起来。

一条不知通往哪里的巷子，无限地延伸，漫长而深远。马头墙一路迤逦，强劲奔放的韵律，让人再不觉巷子狭长。载着瓦蓝的天空，视野随之开阔，心情亦随之悠然游弋，一切都那么轻松。

在幽径上兜兜转转，时间似在这里停滞，

水墨·倾城

总有一份安宁相伴。虽沐人间烟火，却不敢惊动一景一物，生怕我的出现会扰乱原有的静谧。每个角落都能看到马头墙，它们从容地守着云起云落，放下时间的匆匆，永远在这里等候。

安身于重重山墙之上，一呼一吸之间尽得自然的性情，飞扬着一个村落美好的憧憬。层层叠叠的马头墙，见证了几多旧事，承载着一个家族繁衍生息的兴盛，凝固成今日的守望。远游的旅人似听到声声召唤，相逢的刹那，分明见到故乡的光景，没有淡漠疏离，时空的距离阻隔不了游子与故乡的亲近。

马头墙执着地静守这片天空，湛蓝清澈的天幕，泛起岁月涟漪，搁浅着淡淡的乡愁。目光一经碰触，许久不舍得分开，一直牵挂着的放不下的心事瞬息释怀。马头墙早已成为抹不去的文化印记，昂然高耸在江南的水墨里，释放着浓郁的地域风采。

一直，就这么一直走下去，不探询街巷的去向将走向哪里。我回眸凝望，循着高低的山墙，不经意间发现，马头墙竟犹如一道道眉弯。我怕疏落微小的细节，薄装浅黛的芳踪，一个转身便消隐。此时，美人纤纤黛眉，油然而生出一股婉约气韵，将优雅和温润散发到极致。越是淡妆素颜，越是让人入情至深，令我无从抵御。倾尽今生的痴恋，来弥补前世未了的一段尘缘，这样的一脉情丝再无法从生命中剥离。

朵朵暮云停于马头墙边，一缕又一缕的炊烟袅袅升起，最是与世无争的场景。暮色不是很浓厚，把世味慢慢地稀释，每一处都弥漫着安详和淡定。万马庇佑下的村落，时间悄然静止，流露出古老时代的风貌。而我，以不泯的深情寻到最终的归宿，甘愿把自己交付出来。

夜色袭来的时候，月光满透，村落清朗如水。马头墙追星赶月，仰望着遥远的天际，斗转星移间，演变成徽州不可或缺的风致。其寂静无声地屹立在村野，以不凡的造型、轩昂的风骨，跃然于世人的心中。

我吟游徽州，打马而过，停了下来，便是一生。

注：马头墙是徽州建筑的重要特色，是高于两山墙屋面的墙垣，也就是山墙的墙顶部分，因形状酷似马头，故称"马头墙"。在聚族而居的徽州村落中，民居建筑密度较大，不利于防火，而高高的马头墙，能在相邻的民居发生火灾的情况下，起到隔断火源的作用，故而马头墙又被称为"封火墙"。马头墙高低错落，一般为两叠式或三叠式。较大的民居因有前后厅，马头墙的叠数可多至五叠，俗称"五岳朝天"。高低起伏的马头墙，似昂起马头向远方嘶鸣，让人在视觉上产生一种"万马奔腾"之动感。

水墨·倾城

淡云来往月落影，风恬晴和日初照
—— 徽州天井

（一）云影

门环上的神兽被打磨出时间的苍绿，蕴蓄着对岁月拂掠的感喟，似暌隔了太久，有一种陈年的惆怅难以排遣。老宅建于何时我无从考证，这是先人们用心打造的家园，其情至每一繁复之所，其意至每一细微之处，希望可以永远地住下去。起于说不清的缘由，我生怕留不住春，发髻上插了一枝刚采摘的花蕾。推开门扉，一派凝固起来的旧日模样，尽管并非斑驳疮痍，精致和深静的装饰还是让我错乱了时光。当目光投向高墙之内的天井时，逐渐弥散开来的光线令我晕眩，那空出一片几乎伸手可摸的云朵，恰似有意触动沉闷的心情。

任流年的光影缓缓悠悠，偷换走数度年华，屋子的陈设依然保留着最初的面貌。头顶蓝天，一缕春风不知从何处徐徐吹来，撩乱我心，拂去已然暗生的凄清况味。多停留，一景一物越发有着意犹未尽的美感，美得让人不敢靠近，须保持着足够的敬畏般。而春意越发关不住，徽州的民居没有把四季关在门外，时序的循环不息，让方寸之间彰显出生命的活力。

从天井投下的云影，烘染出淡淡的诗情，生活不再枯燥寡味。一代代后人在此休养生息，接天连地，享受着人生的闲雅，尽呈出的不只是明堂的文化内涵，更是和青山绿水合而为一的澄澈心境。孑然孤处的我不再为世俗所绊，萦绕的淡远之怀不但未减，反而增了一分旷达。

过厢穿堂，阳光似从瓦檐漏下来，临近草

熏风暖的山野，能嗅到春天的气息。何须陌上四处游春？一对绕梁的燕子软语呢喃，偶尔从我身边一飞而过；门前溪水潺湲，清脆悦耳的音律不绝如缕。我效仿文人，倒一盏春茶，让鲜醇的茶味飘荡开来。仿佛畅饮山间一碧无际的清香，静品一段闲暇的时光，不由得萌生出词心诗境。空了又续，滤去浮躁，超然出尘世，清雅赏心亦娱情。

仰望着天井，感受到春生的力量踊跃翻腾着，感受到万物抽枝萌芽的春意，一切美好的事物随顺自然地接纳进来。迎顾之间，我的性情无比温良，满天碧云有一朵为我翩然而来。暖风催促，头上的花簪展瓣露蕊，散发着芳香。独处一隅却不孤单，心湖一直荡漾着欣喜……

（二）听雨

徽州的春是一季绵长的雨，漫天洒落，亦源源不断地顺着天井流入千家万户。没有来由地，从早到晚下个不停，缠缠绵绵，不绝休。

重门深深，锁住过往的光阴，让天井下的石隙爬满深青色的苔藓。整块青石凿成的水缸，积年累月地流入雨水，莫可名状地把所有的记忆搁浅。内敛而不张扬的徽州人极富想象力，将内心的追求在深宅内展现出来，渗透到生活的每一处。蓄水聚财的寄情寓意、崇尚儒雅的审美情趣，在这一方咫尺天地，将经营和居家融合到极致。

驻足回廊，捧着一盏微热的茶，听雨不停地敲打着屋檐。纵是不语，遐思飘然而至，雨丝在文字里游走了千年，而今，依然散发出柔婉美妙的余音余韵。入耳，洁净、清新，用心去听这自然之声，不知不觉中，便触摸到心底最深处的宁静。

凝视飞花细雨出神，良久，不愿收回我的目光。落与谁听？一任雨声连连，昔日闺中人的春日情思，是否亦如细密的雨点，漫溢着愉悦的姿态，落下一地的相思？诉与谁知？想念浓成雨帘，丝丝牵念全部倾泻在缝衣纳衫的活计里，日子飞针走线地流淌着，就此守住一场没有归期的约定。

雨点飘忽无定，溅落在青瓦上，轻轻滑过，檐下雨欢腾地跳跃着，漾出水波，汇聚入明堂。难以释怀的情愫悄然滋生，难捺满腔的眷恋，以及母亲殷盼的眼神，最易惹乡愁的竟是这纷纷的雨。时隔经年，飘零聚散的人生不断在上演，那场堂前雨，是在外漂泊的徽州人回归的心灵源泉。屈指竟已是数十年光景，故乡的天井又洒满了春雨，在游子的心中永盛不衰！停下多年的奔波，穿过空蒙雨雾，再分不清，襟前是雨打的潮迹，还是斑斑的泪痕。

半盏茶尚有余温，我展眉浅笑，乘着几分雅兴，蘸雨抒写情深几许。雨依旧未停歇，飘过天井，掠过花窗，轻吟着舒缓的旋律。

末了，声声传情，用簌簌的雨声留住我这个他乡倦客。甘霖润泽着疲惫荒芜的我，仿佛是前世今生的宿缘，而我，只是再次回到这里。再现梦里的瓦檐天井，留下记忆的雕花木窗，再也没有比这更令人惬意的事情了，欢喜地枕着雨入眠。夜半，迷迷蒙蒙醒来，雨声袅袅仍萦绕……

（三）初霁

雨霁初晴，一缕金色的阳光照进天井，充满天地，无所不在。顷刻间，老宅充满了生机，积聚着温暖和明媚。井身吞吐着移动的光束，投射出柔和的晖光，让我想循着这光线，去捕捉穿过烟火人间的流年光景。

趁着凝神的间歇，我伸手相拥，猝不及防地，落进一方波澜不惊的深井。记忆里从未见过这样的一片蓝天，赫然呈现在瓦檐中央。纯净的颜色荡尽尘埃，唯留天空的

水墨·倾城

本真，叫人心情明朗和舒畅了许多。我的目光太投入，整个人似随心游走，向云深处漫溯。

　　小小的缝隙与天相通，与地相连，超然于世俗之外，又回归到现实之中。乍晴的日子，生动地勾勒出悠游的天幕，似乎从未飘远，伸手即可触摸得到。栖居者们随之婉约灵动，与自然天衣无缝地衔接起来，泊在秀峦之间，不知醒来是否知道自己归于何处。趁着久雨晴好的间歇，让寸心寸意注满曼妙的风致。

　　无数的游客在天井下驻足探望，欣叹久久不止，光影里一定藏匿着数不清的故事。旧事里，徽州男子投身滚滚商海，啜饮过百般滋味后，深知这方阴晴冷暖的天井，给予的竟是心灵的慰藉。独到的营造，摒除万千嘈杂，离人返归，卸去家计的重负。在深掩的重门内清静自在，任谁叩响门环，都不愿搁下正饮的一杯茶。

日复一日的陈年风物，禁得住时间的回味，仿佛随时能唤起一段过往。堂前洒下阳光，寻常生活被镀过金般地足惜，一种遗世独立的兀自幽雅，一种地老天荒的和谐统一，令到来者蓦然了悟，暂时放空自己，闲看隐蔽的老屋里藏着的静好晴空。不期然间，生出此生难以割舍的欢喜，竭尽全力地放下所有的俗念，犹嫌不足。

（四）日暮

夕阳渐渐收敛起最后的余晖，天色变暗了，暮云将尽的时候，天井里昏暗沉沉。一切像是突然凝固了一般，即将消遁起来，恍若梦中久违的感觉。

暮色四合的天井，积攒了岁月的陈年光景般，只一眼，便沾染上了方寸感伤。旧光阴里，盼归的妇人凝眸不语，温婉地倚门迎接。暮色渐浓，她在等，在望……双眸饱含着坚定，生怕片刻的迟疑，美好的情缘就此悄然无息地溜走。

经年等候的场景，演绎成一个个徽州片段，恍然如昨。悲凉的情感氛围，久久笼在将暮未暮的天井般，能感受到不曾散去的一份孤苦。不知在外的离人是否还记得伫倚门前，日日盼迎人的脸庞。

早过了约定之期，一夕之间，似已来不及等待。暮霭就这样肆意地延展开来，掩盖住失落的潸然泪下，遮蔽住无时无刻不在牵念的心，寂寞的荒凉占据每一寸空间。我刹那间明了，天不遂愿，曲终人散，生死期许……这或许是徽州女人躲不过的宿命。她们自矜自持，在无

可慰藉中暗自慰解，毕生守候着注定的尾声。

不胜怅惘的恨事，缓缓消隐在迟暮之中，成为过去。独自来到二楼临天井的美人靠，凭栏斜倚，透过门楼的凹墙，能眺望到日落黄昏的山野风光。水墨浅淡地绵延着，我无力抵挡余晖的凄迷柔美，默默守望着挽留不住的朦胧暮色。三面楼阁夹峙之下，狭仄却不被压抑，靠檐处被轻轻裁出天井口，借天幻变不同之景，让人从中品味自然恬淡的生活。

将暮，倦归的鸟儿恰好经过，从天穹檐角一掠而过。我一笑泯然，深深感受到，时光流淌的静好……

（五）月光

夜，悄无声响，洁白的月光泻进来，散落于天井底。今宵月明，我的素衣沾满皎然的月色，寂静的小天地添了一抹芳踪倩影。

月落井壶，明净透彻如水。以月光为茗，其味脱世离俗，反复慢啜似在濯洗心灵，给人一种繁华落尽瞬息清醒过来的了悟。井下的石缸，装四季雨水，盛日月星辰，几尾锦鲤悠然自得地游弋着。其境深远，其情绵延，任凭思潮起伏，心情不再困顿。

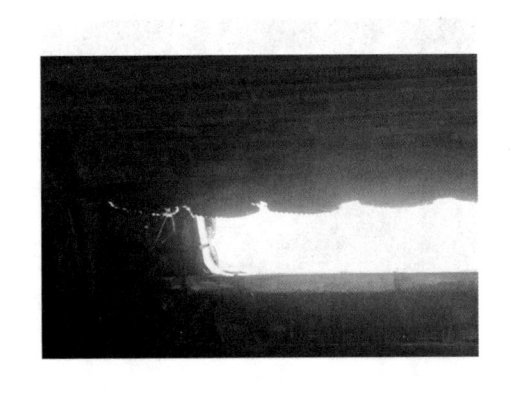

我亦是一尾月光鱼，悄然寄身于干净透明的月色里，无比贪欢地游走。以鱼游的姿势自由地摇曳，清澈的月井是千寻的源头，漾起薄薄的银辉，方寸天地尽享自然之乐。不觉夜已阑珊，月光漫过不知是哪年的风物，被浇铸成永恒的模样。月色愈加浓烈，流过心怀，让人忍不住想要去翻阅流年往事，想要诉说一场深情的重逢。

尊崇自然的徽州人，捕捉一缕清新的微风，顾惜一抹洒落的月光。他们追求无拘无束的自然境界，把身心融入其中，很是讲究地做到天人合一。生生不息的月，酝酿了生机，给一切赋予了活力。今晚的月光在时间的打磨下旖旎而温润，泛着无边风月，惹人夜不成寐。半遮面的雕梁画栋，透露出悠长无尽的深厚意蕴，不管多久远，都没有被时代遗落。彼此契合，让徽州的民居有着别样的灵韵，凝成最纤细柔美的夜晚。

我手持团扇，掀开垂地的月帘，独上阁楼。月儿空照楼阁，些许光线横映在窗棂上，少时，打开一扇花窗，让月光涌进。我似端坐在月光水岸，此起彼伏的皎洁清辉撩起无限冥想。少顷，催生出一怀贯穿心灵的安稳，无法倾诉的惆怅得以舒展，明净地解开层层的结扣。

素日里，淡妆独立的徽州女人倚靠在窗前。长夜漫漫，对影成双，伴着月光度春秋，幽独却不寂寥。品茶，看鱼，赏月……无形无影的意象空间，让内心丰盈。半盏清茶滤去她们的浮尘，足以抵挡高墙外的纷扰杂芜；一壶月光把她们浸润得清灵高雅，一颗静心读书吟诗，坚守着简单而超然的生活态度。任岁月反复熬煮，她们一生未变，宁静从容地不辜负一段相思。

斯人离家从商，彼此的遥念，拉扯得有一生那么漫长。思君难耐，日日盼归，太浓太浓的月光，轻易染白了鬓角的乌发。每每望月，距离是那么远，同一轮月，却是天涯两隔，音信杳然，长相厮守的唯有一斛月光。当头明月犹在，距离又是那么近，虽远隔千里，却能共同欣赏清冽的月光。

何时，月光已敛，晨光熹微，我再难入眠，迟迟地不愿睡去……

（六）夏夜

与其说我喜欢老屋，不如说喜欢天井，看似重檐深掩，却又超然于居室之外。在属于自己的天地间，供养着日月山水，把烟火寻常的日子过得有滋有味。

天井日月常明，我喜欢在仲夏的晚上，闲庭信步于厅前，仿佛一伸手就抓得住头顶的满天星辰。带有旷野气息的穿堂风拂过，囿于宅内亦不曾疏离自然，一份清凉自在盈然于怀。石缸中，经年的雨水汇成一汪清泓。浅池内栽莲养鱼，碧叶铺满了水面，一朵红莲正安静地绽放。露天席地，一池一花一壶月，再不需要其他来造景，已由此而生出脱俗的清雅。

徽州的先人定是有着隐居的遗世情怀，绝世独立在重峦叠嶂之中，脚不离地，心不离天，载着梦想生活。天井下的莲，吸纳了日月的灵气，不受浊世的纷扰，兀自无争地开。对莲的钟爱由来已久，我无法做到莲所澄澈出的圣洁无瑕，可一直在用心守护生命里最初与最后的纯净。戏水的锦鲤，欢腾地跃波，泛起的微微涟漪轻漾开来，似和我一起月下共欢。

月色正明，周身氤氲着袅袅熏风，就这样闲看花开静听鱼跃，平添了无穷的生趣。动静相宜，一抹淡淡的莲香在空中回旋，让我领略到天上人间完美融合的心旷神怡。对于生活，徽州大抵是最为雅致的了，或者说，拥有回归自然的浪漫天性，已成为其不可或缺的一部分。咫尺空间依然如故地表现出内心的追求，不辜好景良辰，不负事物本身的美。

定睛细看，此时的夏夜被营造得充满禅境诗意，一丝清爽的凉意溢满心怀。我卷袖研磨，不容我下笔，华美的月光洒落韵脚，自成极具境界的雅韵佳文。溶溶夜色度我，沉浸于无数人梦寐的一场清欢之中，心若莲花，涤荡夏日里的烦躁，开出千般万般欢喜来。

月光未窥门径，透过沿天井回廊的扇扇花窗，洒入空房。月影缭绕，亦幻亦美，恬淡安泊在如此的月夜，一直都不孤单。久久地，自己犹如一缕素洁的光亮，泅入浓厚的月光里，清灵怡然地弥漫缥缈……

时间就这样静止了……

（七）赏雪

微凉，轻寒，我坐在厅堂，拎着火笼取暖。茶炉上清香四溢，似烹来徽州的春，走进青垄的梯云茶山。雪花从天而降，无声无息地漫天飞舞，曼妙的身姿盈满了天井。偶有一片优雅自如地飘落在我身上，我正欲触摸，已消融在衣襟，没了踪影。

有香茗，有飘雪，冰壶春意，文人墨客向往的风花雪月在这里。任何一阕词都无法企及的境界，真实地存在于徽州的万家屋舍，让人不由得起心动念，把自己搁置其间。约三两友人畅所欲言，雪娘子似来应景，翩然而舞，有如仙女飞旋起轻盈的裙裾，令这一时空完美。握半盏清茶，以润诗喉；惹一身雪花，以助雅兴。

纤尘不染的雪花，极洁极美，惊动了岁月。自以为读倦了世俗，不承想，徽州的寻常人家尘襟尽滤，把烦琐的生活过成风雅之事，没有一息浊气。在悠然闲适中品出生活之真味，素心若雪，静守风月，不会被流年熬老。

井然有序的陈年摆设，最擅长把人带进悠远古典的意境，那深入骨髓的文化沉淀，让人不由得生出一份对徽州的亲近。布满岁月痕迹的木雕图案，随着遥远的记忆，传递着最初的人文生态。淡然从容地驻足于许久以前的故事里，任由时间殷殷催促，一切安然无恙；别有寓意的飞禽走兽，隔着厚厚的光阴，生趣盎然的模样不曾改变。

徽州的天井储满了各种温情与诗意，其中妙趣，在居家的日子里一幕幕上演。我生怕来不及汲取泉思，就此敷衍了每一寸时光，什么也不必言说，所有的感怀还未散场，所有的真情未曾离去。我对着柔美空灵的雪花纵情吟啸，其一身素雅，动作自然而流畅。旋舞而落的飞花，无香却自有一份飘逸的神韵，不流于凡俗的风范跃然纸上，入我的诗行里。

等回过神来，雪花仍不徐不疾地曼舞着，一层薄雪铺在井底，依然纯白。从思绪初凝的片刻起，一种拂拭不去的洁净便浸润着我。此时，有茶香犹留齿颊，有春意似在涌动，高雅脱俗尽集于此……

天井下，雪落无声，我轻舒双臂，喜地欢天地随雪飘摆……

注：徽州天井由井口、井身、明堂组成。"有堂皆井"是徽州建筑的一大特色，在建筑功能上天井起到集水、纳阳、通风、采光、消防和美化环境的作用。天井接天连地，古徽州人讲究天人合一，虽然足不出户，却已与自然融为一体。晴时太阳光自天井泻入堂前，称"洒金"；雨天时，雨水通过天井落下，称"流银"。在徽州风水理论中，水是"玉气"和"财富"的象征，徽州人巧造"四水归堂"，肥水不流外人田，锁形井底蓄水，是想锁扣住来之不易的财气。天井有"四面财源滚滚流入""外财归家"之寓意。天井不但寄托了徽州人聚财的愿望，还起到"聚人"的作用，是家族内部的共享空间。

是真名士自风流

水墨·倾城

残山剩水知音谁，断墨枯毫着意深
—— 梅花古衲渐江

位于江南的徽州古城居然会下这么一场连天雪,雪花盈满天空,无休无止地飘洒,如梦似幻间,已成素白人间。我在俱寂无声的清冷气息中踏雪而行,身上沾满厚厚的雪花,我不愿掸去,任由落雪洇透衣襟,融入心头。抬头再看,岑寂寥廓的西干山立于眼前,内心悸动,思绪已然翩飞。

皑皑路渺,雪荒行径,很快不知身在何处,唯一缕暗香飘杳于这天地间。我蹙着的眉头舒展开来,不是贪一时之欢来此寻梅,却可以循着渐次浓郁的梅香,历经回环曲折,来到数十株梅旁,拜谒渐江墓。

梅冢静静地坐卧在静谧幽僻的林间,我孑然而立,默然而望,一往情深。记载着冢内人生平的墓志铭,历经岁月的拂掠,苔藓遍布,一派斑蚀陈旧。我用手拂去墓碑边没有被积雪深掩的杂草,顺着一笔一画的脉络,伴着清雅四溢的冷香,用心灵去感悟这位和尚画家的苦乐年华。

渐江,于清顺治四年(1647年)削发为僧,朝代的更替让他了断尘缘,复国的无望让他换上青色僧袍,从此皈依佛家,避世离情,将一腔壮志未酬的遗民之恨寄托于书画。同样的风景,却已江山易主,渐江在残山剩水中,修着自己的禅道。他拨开孤云,山溪皓月即禅心,就此远离世事纷扰、凡尘俗事,修禅让他心性无染,一如他的画风,恬静简淡。他云水行脚,以天地为衾枕,在最真实的自然万物里陶然忘机,因禅悟画理,找到了人生的新况味。他"坐

破苔衣第几重，梦中三十六芙蓉"，长期往返于黄山白岳间，天地为师，烟霞云水做伴，守着树木山石，以一个参禅者的坚忍和沉静，或独立峰巅，或坐禅幽谷，身影遍及千峰万壑。他将实景付诸笔端，形成自己独特的艺术风格，被后人推崇为一代名画僧。

渐江僧做到真正的心地清净，他隐逸一隅，寄情笔墨佛事。亡国之民的悲痛、对故国的深深眷怀、愤世的不平之气、嫉俗的憎恶情绪，皆在一吟一咏、一书一画中了然禅定。渐江刻苦勤勉，无法释怀的心事在一缕缕墨香的浸染下得以安顿，诗书画成为他生命里的圆满。他的绘画高雅古朴、宁净空旷，在我看来无不透着空灵澄澈的禅境，有一丝顿悟的清凉和轩敞。在静美简疏的画面之下，又有一种难以言传的力量和气势悄然滋生，虽瘦削却尤见风骨，虽枯淡却尤见苍劲，一山一水被蕴藉生命的内涵，一草一木被赋予人格的寓意。

随一抹山水的墨迹淡然入画，步入空远阔大的场景，顷刻间，那情形如同俯瞰黄山的真山真水。原来，渐江不是用活跃的臆想来造境，他跳出先人的樊篱，取景自然，师法自然。渐江曾在画上钤印"家住黄山白岳间"，他的心已与这方丹青山水合而为一，黄山的磅礴壮丽让他孤寂的灵魂充盈，黄山的山色水声让他契得禅机，找到心源。他用《黄山图》册收揽了黄山的景致，六十幅图幅幅不同。他步履三十六峰，双屐二十四溪，松下朝拜，涧边静坐，一呼一吸间得山水性情，物我一体，跃然纸上的是真景真情的融合境界。渐江所绘制的黄山作品，山体怪石传达出高旷放达的骨力，奇松林木尽显生机蓬勃的张力，让我体会到他喷薄而出的情怀。这位有志难抒、抱负未申的遗民志士，其画境所呈现的是生气，而非死静；是倔强，而非懦弱；是坚稳，而非躁动。即使隔了数百年，依旧能够感受到他笔墨之下的《黄山图》殷殷传递着天地间最纯粹的凛然浩气，诠释着一种弥深至骨髓里的民族精神。

冥思中的我屏声敛气，忘却自己的存在。难得有闲时候可以这样独守一份清寂，可以和渐江在咫尺之遥的距离，一起感受清俊粉泽的梅香、苍翠静穆的松吟，还有清澈晶莹的飞雪，俨然置身于一阕轻灵杳渺的词境中。须臾，山下寺庙传来木鱼声声，我环顾四寻，香炉里袅袅成缕的轻烟缥缈入林，僧侣们的梵音佛乐不绝于耳。如此种种妙境漫溢，在那片刻，我已拥有超越浮尘的云水禅心。

打开时光的经卷，走进渐江静好的时空，那一年那一晚，五明寺的禅房月影。渐江的画室"澄观轩"，一盏点燃的青灯放射出澄亮无瑕的光辉，虽照不通透历史的变数，可那一缕佛光燃亮了渐江的希望。一炷焚烧的檀香袭满了每一个角落，但凡沾染香气的供养便会消除妄念，因遁世而出尘的渐江在终日萦绕下更加身心澄净。

　　夜静人独，渐江披襟而坐，磨墨吮毫，他的画中"人"匿了踪影，山石林木是永远的主题。渐江和自然景物结下缘分，他在它们身上找到生命的深度，在构图时每幅场景均融入了他的个人着意，透出他对人生的体悟，所营造的画面氛围莫不给人纯真无垢的心理感受。夜长如岁，萧索寒寂的僧侣生活让渐江品味出淡泊清逸的禅境，他的题跋诗是绘画情感的延续。没有豪言之语，没有华丽辞藻，渐江就是这样，短短的几行，把每一个情节演绎得平淡安然。夜阑难眠，渐江挑上一盏灯，独自行走在清朝的月下。他背负着沉重的情感，一路坚守本心，将满腹的情愫发而成诗行。

　　自与渐江的诗萍水相逢之后，我便厮守着不放。我喜欢他诗句里的那份洁净和超脱，轻诵他的旧句子时，忽然会由内心深处生出一份坦然。不是解语知心，而是我对待自然事物的看法和观点，在渐江的文字里能得到认可。渐江的诗集主要有题画诗《画偈》、其弟子郑旼辑录的《偈外诗》，字里行间俱存着佛、道、儒的气息。他抛却家国世事的烦扰，于僧侣生涯中深谙佛教三昧；他离群索居，在大自然中怡情养性地修道；他恪守严谨的人生态度，承袭着新安儒学的素养。

　　一直以来，渐江是一位孤者，而我生性热衷于独处，不知是不是对待事物和周围的态度相似，我们都对秋有一种难以言说的审美趣味。

渐江的一句"秋气先与孤者通",贴切地对自己的个性做了诠释,从中可窥见渐江寄情于秋的心态。渐江生平喜画秋写秋,把诸多秋景诗思展现于纸上。秋意,乍一想起,便不由得被渲染出一种孤旅沉郁的悲情;乍一看起,无可名状的苍凉,满目草木摇落的萧瑟之气。我不知渐江是悲秋还是喜秋。他站在酡红的夕阳下,任秋风灌满了衣袖,一味地沉浸于孤、寂、清、静、幽、凉、净的秋境里。可我知道,他不要功名利禄,拒绝繁华浮世,唯将那份独属于他的孤独继续下去。只是,又有谁懂这位徜徉于秋色的须眉男儿,眉宇间流露出的深笃之情?

修因种果,为欢几何?时间总是在或喜或悲间,来不及打量细数,便匆匆成为流年。任凭世人怎样地挽留,也终是再无法企及的过去。可我,真的很想走进隔了长久年数的过去,来到康熙二年(1663年)农历癸卯六月十六日那一天。我只需逗留数时,我只消在侧旁观,亲历练江古渡边的一场集会。

在一个熏风拂煦的日子,一叶扁舟横斜于练江之上,莹澈清碧的江水犹如一条绿丝带悠游飘动,摇曳多姿。舟上架起几案,何许风流儒生?与天云一起畅游,在锦瑟江山间恣意酣畅,乘兴而起的心情张扬到极致。原来,溪南吴伯炎兄弟欢送渐江回五明寺,沽酒携樽,备上笔墨纸砚,还取出了家传的王羲之《迟汝帖》真迹及数十幅宋元名画。如此浅斟慢酌,吟诗作赋,挥毫泼墨,读帖论画,杯酒思量间风雅无边。

游宴至清丽秀绝的西干山麓,只见"石淙"处一股清泉自裂石而出,潺湲流淌,或急或缓地注入练江。于是,舟停树荫,被遮蔽出的一片清凉之下不暑似秋。恰逢其时,程守带着歌女从南岸踏歌而来。歌女径直来到船头盈盈伫立,熏风撩起裙裾,曼妙绰约之景简直妙极,为这段良辰美景增色添香。渐江弟子江注吹起长笛,流水清音,丝竹笙歌,众生兴味盎然。

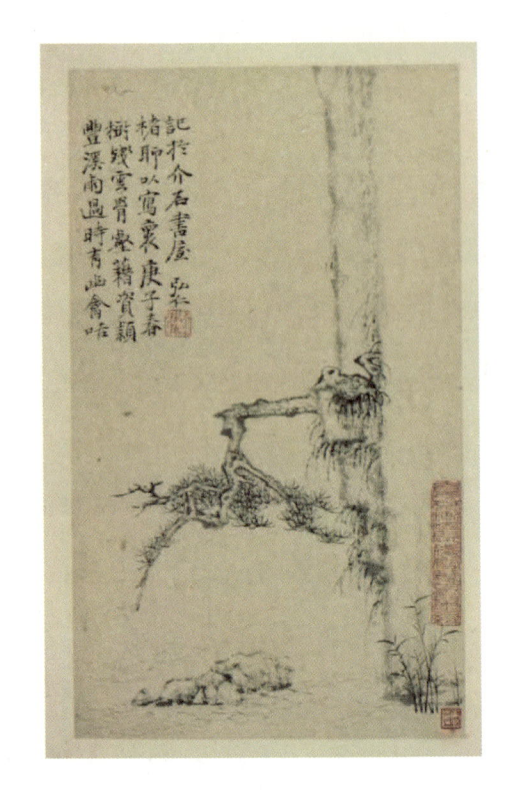

笑语喧阗间，夕阳西下。水湄云深处，一抹晚霞投影在练水，波光映照着落日余晖，彼此两相互衬，并不遥远。少时，霞光变幻莫测，斑驳陆离的光圈堆积叠加，将水天一处点染成一幅绚丽奇景，那鲜活的色彩醒目且让人亢奋。冷寂孤僻的渐江顿生欢颜，心潮澎湃的他再没有任何顾忌，脱去僧衣僧帽。他要一抒升腾而起的胸臆，把此情此境袒露无遗地展现在纸上，笔触落下，热烈而浓挚，连同余兴未了的情致一并用墨渍涂染。接着每人对渐江顷刻而成的画幅各赋诗一首，大家思绪蹁跹，一倾为快，纵情欢畅，何等惬意！此等盛事，就是徽州文化史上有名的"石淙舟集"，而渐江现场绘制的《石淙舟集图》则是盛况的真实写照。

然，《石淙舟集图》已遗落佚失，幸而，今存的歙县名士许楚的《青岩集》所记载的文字里，留存下了关于这场盛会的记忆。隔世经年，我无数次地透过跋文描摹出满目风景，昔日的游历一幕幕尽现。受这笺浅墨所记载的故事牵引，抑或被情绪感染，我爱在广阔的联想中，回溯斯人当年风采。怅触万端之际，隔着百年的遥望，执笔将这场意重味永的聚首勾勒再现。尽管我清楚地知道，很多事情再不是从前的模样，可恍惚间，那熟稔的气息犹在身边弥漫，那轻柔舒缓的故曲犹在耳畔萦绕。也许，被时光研磨的文字，终究裹着岁月的馨香，再引入各自的经历，由着生出的感喟贯穿内容始终。也正是因为每个人有不同的解读，《石淙舟集图》给世人遗存一段遐想的留白。

是谁人的梵呗声声传来又远去，让这里的一切流淌着禅意的灵动，直至雪花飘尽时就此湮没？忽而一声鸟啼，翅膀扇动了枝干上的积雪，顿时积雪纷飞如絮。我抬头望去，但见素裹的松竹交柯错叶，静守这片天空。墓侧一根根梅枝上三五朵梅花极尽欢昵之姿，枝影扶疏，在寒意侵袭下慢慢历练，尽显凌风傲雪之态。多年前的渐江，在那个他不见容的时代，守着枯瘦的梅枝，一世里高洁自持。他自号"梅花古衲"，与芳姿孤傲的梅花交融契合，早已互通情愫，生成这般梅之品格。

这位爱梅画梅的梅花老衲，将自己寄寓于弃落的梅花，独栖山头寺外，超逸脱俗却甘于寂寞。花开心自知，微张半敛的梅花不会曲意逢迎，取媚于谁，更不会依附风尘，迁就时节，为谁邀宠，纵然如此终老，被碾作尘土，依旧花开如故。久而久之，花品人品已难分彼此，他们互懂对方。冷月窥照下，渐江静听梅开的声音，梅花在诸般磨砺下昂首吐艳，芳心悄然暗许。寒枝淡蕊，渐江拈梅微笑，他依稀在梅影里回顾过往，所经历的纠纷，只有自己知道，万千无奈于梅香暗沁下寻得慰藉。渐江和梅花静默相伴，他不婚不宦，兀自彳亍徘徊在花枝梅朵间。与其说他们是无法隔绝的知己，莫如说他们相知如镜，照得见内心的惆怅和欢喜。他每每醒来一枕清香，原来梅就栽种在枕边，他和它原本就是旧相识。

曾对渐江《山水梅花图》册之一的梅花一见倾心，图中每一处着墨，都是恰到好处。落

落几笔拙朴的老枝，斜倚伸展着梅干，寥寥几朵傲立枝头的寒梅，含蕊明净地绽放。纵有斑驳的印痕，纵饮尽尘世风霜雪雨，只一对望，那淡雅的梅香便隔着纸张，透过光阴濡染开来，瞬息拭我心尘。经久的弥香游离飘满了一室，将我蓄积的烦忧荡涤净尽，不设防地发现自己浸淫在悠远画境里的清凉时节，萌生出的纯净心念再无法抽离。那知春的梅花枝枝繁华，独先一步早窥尘世的繁华，不禁感触，寒封的冬日未尝不是另一段生命的开始。自此，枝干上的梅花带着离尘的素洁和俊秀，在我心中次第开放。

渐江曾遗命友人在其墓地多种梅，一座梅冢，一腔梅魂，染尽一季的风华，却是撼动生命的一种绽放。看似疏远冷峻的境地，殊不知，冰清玉洁的梅独天下而春，繁于严寒更是富有坚贞的气节。渐江亦是如此，浮生回首，他是胸无纤尘的画坛傲骨。生前的渐江，居尘而不染世间尘；涅槃之后的渐江，时光的尘埃亦不曾将他沾染。或许，那万斛清香便是拂尘，摒弃了世味，掸除了尘埃。隐隐约约，我在轻拂的风中闻到了美妙的生命之香，尽在其中又不可言说，其实不需要怎样的言语，已在我人生这条路上，静静流芳。

我折下几枝梅，手拈花枝，黯然横梗心头。无语凝噎之际，诚敬地将梅枝摆放在墓前，我双手合十，祭奠亡人。生冷的寒空下，茔树沉郁遒劲，周遭皈依宁静，复归于本原。我恒久未曾改变我的姿势，情之所至，涌出无限哀恸，垂首默念着渐江的诗偈，缅怀回味着他的一生。

归路铺满了白雪，遮掩了来时的脚印，只是，我的离去竟比相聚还难舍难分。再度回首，点点梅花弄影，倏然发觉一名花间客正在静候枝丫间的梅苞绽放。我尚存的意识告诉我，这不过是因我太过执着于故人的思念而徒增的一丝想象。可是冥冥之中似有佛意度化，我在停驻的当下，恍悟此番幻境所赋予的禅意。所谓一念花开，世间万物但凭一点心，我会用心走完未来的路。

注：渐江（1610～1663），明末清初画家，俗姓江，名韬，字六奇、鸥盟，为僧后名弘仁，自号渐江学人、渐江僧，又号无智、梅花古衲，歙县人，是新安画派的开创大师，和查士标、孙逸、汪之瑞并称"海阳四家"，又与髡残、朱耷、石涛合称"清初四画僧"。渐江善写黄山真景，构图简洁，将黄山的各处名胜尽收笔底，奇峰壁立，奇松倒挂；亦善画梅，得梅花疏枝淡蕊、冷艳寒香之韵致，有《黄山图》册及《松梅图》《墨梅图》《陶庵图》《黄山树石图》《江山无尽图》等传世。渐江墓位于歙县西干山上，建于清康熙二年（1663年）。渐江晚年常居五明寺，涅槃之后迁葬寺侧，其友王泰徵为其作墓志铭，许楚书墓碑，并遵渐江遗愿在墓旁植梅数十株，故又称"梅花古衲墓"。渐江弟子郑旼的《题渐江画册》云："残山剩水有知音，断墨枯毫着意深。已见人珍同拱璧，每从遗迹想佳吟。"

水墨·倾城

路人莫问归何处，穿入白云行翠微
——许宣平其人其诗

唐睿宗景云年间的歙城，喧嚣声声尽显城中繁盛，集市上有人担着柴薪来贩卖。此人披发留须异于常人，步履轻健似少年，薪担上挂着一只花瓠和一根曲竹杖。朝时，他挑满担柴薪穿闹市过陋巷；暮时，卖薪沽酒，遍历城中酒肆，一瓢饮足矣。醉醺醺地挂着竹杖归去时，他惬意自得地吟唱：

负薪朝出卖，沽酒日西归。

路人莫问归何处，穿入白云行翠微。

其神情超旷放达，以这副从容不迫的姿态，在闹市和山水间穿梭往来三十载。他就是许宣平，一位任逍遥的传奇人物。

初从沈汾的《续仙传》中读到《许宣平》时，我就被这首《负薪行》无端吸引。此诗看似直白易懂，字斟句酌，便发现蕴藏着一份洒脱不羁。行走在市井，看惯了荣辱浮沉，趁着酒酣消遁无踪，如同一片绿叶，穿云入翠微，消失在无边丰茂的青山中。于人于景于诗，许宣平的生活惹我羡煞，他挑起的不是拾砍的柴薪，是沿途的自然风景；他混迹芸芸众生，恣意游走在人世风景里，却超凡出尘于纷繁夹杂。即便是纵酒后的慵懒闲淡，亦不曾被种种欲念所缚，带着一股遗世独立的气质，飘飘然地作诗吟诵。

三十年来，许宣平拯人悬危，治病消灾，深受民众崇敬。很多人去拜访他，寻访无着，但见林间庵舍的墙壁上题诗云：

隐居三十载，石室南山巅。
静夜玩明月，清朝饮碧泉。
樵人歌垄上，谷鸟戏岩前。
乐矣不知老，都忘甲子年。

一首《庵壁题诗》，解了众人的疑惑，他是融于世俗的隐者。踏足尘世，负薪游历以济世度人，归居山林，通过诗词铺陈出来的意境，一窥许宣平的山居隐逸生活。

广阔的一方净土内林涛起伏，茂松清泉，古木花草自由生长。结庵以居的地方在流泉幽谷中，清溪涓涓奔流，与天云同游。在竹径通幽处，风吹竹叶清韵声声，有袒露的青苔装饰着草堂，有谷鸟停落在途经的岩石上嬉戏。这里一山一水不加雕饰，所有的负累和压抑被远隔，许宣平远离尘嚣，与鸟兽为群，涤心静虑地养道于山中。静夜铺满了月光，谷鸟入巢，许宣平坐于庵前玩明月。他煮泉沏饮，斟一轮明月在壶中浸泡，将尘心洗净；抑或是踩踏着月色，心自安宁地静享山水真乐。溶溶月色下万物被赋予生意，清爽愉悦的心情体现出来，没有妄念来扰心，没有事物来染心。就这样地栖憩于林泉溪涧，汲取山川灵气，忘记了时间的逝去，在风轻云淡中保存了生命的美好。

许宣平其人其事其诗，从当地人的只言片语里，开始逐渐传于世间，好事者更是争相传诵他的诗。从洛阳到同华之间的驿道传舍里，处处题着他不沾染尘埃的诗。那时的李白正对御用文人生活生厌，他离开翰林院，东游经过传舍，览诗而吟，直叹道："此仙诗也。"与俗沉浮的现实经历让李白压抑已久，他对仙诗所写的山林归隐充满向往，禀性使然，这位飘逸潇洒的"谪仙人"漫游求访而至。

新安的锦山秀水让李白充溢着言说不尽之意，和天地传递心声，亲近真实的自然，找回纯真的自我。他静坐庵前捕捉云影，他栖在一笺月光诗行里独抒诗意，怎奈久候不遇许宣平，遂在壁上留诗：

> 我吟传舍咏，来访真人居。
> 烟岭迷高迹，云林隔太虚。
> 窥庭但萧瑟，倚杖空踟蹰。
> 应化辽天鹤，归当千岁余。

李白的诗中展露出对"真人居"的实况描写，用了仙家语衬出许宣平是一位隐仙，字里行间流露出他寻而不遇的惆怅。李白的这番遭遇引人畅想，神仙遁隐之地停驻在诗里数年，世人读罢皆忍不住找寻，这个仙家天府究竟在哪里？我坚信绝不是凭意象

堆砌出来的境界，一些文章里曾略有提及，城阳山南坞后称"覆船山"，其主峰搁船尖。我无从考证，只是当亲历搁船尖后，独有的山越秘境打通了诗行和现实的界限，这上天造化安排出的宝地定是神仙居住的地方。

搁船尖充斥着古老而神秘的气息，承载着古山越人无数的梦想，冥冥中似有一种浩瀚的力量，将山水的性灵演绎得出神入化。经年累月雕刻出的天然石像，被融入各种神奇的故事，令人忍不住驻足静静倾听；民间传说"石门九不锁，天门夜不关"的奇观，巧夺天工的自然劈凿，匪夷所思的构思布局，每一道壁立的石门都是一道风景；沿途伴随着飞瀑流泉涌动出的无限的灵气，放牧白云，素心如简，回归最初的纯真无邪。许宣平啸傲林泉溪涧，尽享天地山水间休养生息的酣畅，将其道隐生涯提高到一个新的层次。

自古以来，求仙必和隐逸联系起来。许宣平淡泊自守，他的修仙追求让他不愿与世俗中人来往，不惊于名利得失，不须李白这样的诗仙给他扬名镀色。所以，独居孑处的许翁避见李白，他悄然没了踪迹，不顾李白难以名状的失落，然而，却回复了李白的诗：

一池荷叶衣无尽，两亩黄精食有余。
又被人来寻讨著，移庵不免更深居。

许宣平和李白见诗不见面，诗词应答的酬和增加了这段访仙逸事的趣味，成为广为流传的佳话，在徽州人们至今还乐道一句古老的话："仙人不搭凡人。"超然物外

的许宣平不须太多语言，几句充盈着仙气的诗行，无疑告诉了李白亦告诉世人其半隐半仙的精神超越。黄精是古代养生的山珍奇品，传说久服可成仙，许宣平以两亩黄精来抵御时光的洪荒，一池荷叶便可衣着无忧，散发出一种让人无从抵挡的神仙诱惑，轻易俘获世俗的膜拜。青山绿水，云起荷生，碧泉栽月，他是乐逍遥的尘中仙，栖止无常处。

是年冬天，一场野火烧了草庵，许宣平的任何痕迹都不曾留下，自此，众人再不知许宣平的行踪。一百多年后的咸通七年（866年），郡中人许明奴家有一位老妪，常与人结伴入山采樵，独有她在南山中见到一人坐在岩石上，一袭袍衣轻飘如仙，正在吃一个很大的桃子。那人告诉老妪他是许明奴的祖先许宣平，赠给了老妪一个桃子，并说此桃山神很珍惜，不能拿出山。老妪顷刻吃尽，回家后说起此事，整个族人很是惊异。后来，老妪不再吃饭，日渐童颜，入山不归。今人进山采樵打柴，有见过老妪的，藤叶为衣，行疾如飞，追她，她则升到林木之上，隐于一片翠微之中离去。

不复返的流年没有带走许宣平的容貌，他的道行深厚，历经近二百年的光景，已修炼成飞天遁地的神仙，且还度化他人成仙。正是因为《续仙传》对许宣平的仙化虚构，后人难以相信他是真实存在的历史人物，众说纷纭。我只知道自唐代后，随意翻读唐诗，会记住吟啸山水间不沾世味的诗人许宣平，他的诗被《全唐诗》记载了下来。孤傲的李白仰慕而来，无限遗憾地怅然离去，避世的隐者许宣平引发世人无数猜想，这个寻访不遇的典故被徽州人口口相传至今。在自然山水中怡情养性，影响了一代代的道教徒，他们向往道士许宣平的生活方式，将其逍遥林皋的遁居修炼作为参照的标本。深深扎根于世俗凡众心中，被塑造成一位完美的仙人的许宣平，民间对他充满了景仰。

又据说，三世七太极拳为许宣平所传，是中华太极拳的源流母拳。我听闻这则消息，心领神会，仿佛看到搁船尖的飞瀑石门旁，潜隐默修的许宣平把自己交付给纯粹的山水，慢悠柔和地聚纳自然的灵性，让拳法包容无限的蓬勃生气，一招一式连绵不断如行云流水。这样一个人物，契合着诗风雅韵的汉文化，被定格成永恒，留下各种传奇……

注：许宣平，唐代著名道士，新安歙县人，《续仙传》《历世真仙体道通鉴》《唐诗纪事》《太平广记》等都有其传记。据《太平广记》记载，唐睿宗景云年间，许宣平隐于歙县南山，结庵以居。许宣平的《负薪行》《庵壁题诗》和《见李白诗又吟》见《全唐诗》卷八百六十。搁船尖风景区位于安徽省黄山市歙县金川乡境内，地处北纬30°神秘地带，与浙江省杭州市临安区、淳安县交界，隶属天目山脉的余脉白际山脉，拥有神秘的高山喀斯特地貌。

水墨·倾城

笑踏山水，且须回首一楼风月
—— 太白楼追忆

最喜欢一个人独行于河山雅韵间，睹沿途各色风光，山明水净中的我总是温情脉脉，每一处的景致和被渲染出的心境如此相通相融。就这样，将自己呈露在深深的旧径，没有满心的荒芜；就这样，放眼窥视时光的遗踪，找寻历史的沉淀，不曾有岑寂的落寞；就这样，踏山水而欢，触景便生情，且深情款款……

这边风景已足够好，抵达的时候，千里暮云飘忽不定，聚散间行云无痕地记录着从前的模样，经年的太平古桥透射着岁月的悠长，练江水将心流放。我的脚步徘徊迁延，伴着西风泛起柔肠千万曲，于暮色深浓处，与太白楼相向而遇。

夕照依旧，楼阁依旧，纵然历经雨儛风偬，周遭世事拂掠，可当目光无声滑过"太白楼"三字匾额时，袭上心头的却是一段最锦绣的记忆。一个人，用飞扬奔放的文字装帧了半个盛唐，让大唐的山水在线装本的诗行里灵动了千年。此时，风流云散，重檐翘角上的砖瓦如墨点染，彰显出陈年的气息。物还在，人已非，年华总是这般无情，视而不见的四季更迭中，消磨掉了太多的人生过往。而有关这位游侠诗客的旧闻掌故，一直沉潜在历史的长河里，成为百里新安的一部经典传奇。那年李白在洛阳传舍看到歙人许宣平出尘的"仙诗"，诗中许翁亦人亦仙的道隐修行和生活令他神往。因了这一首《庵壁题诗》，李白放下他的狂傲，带着对许翁的膜拜，一路游历寻访而至。

李白率性放达，他豪情，亦任情，力避庸常，不媚世随俗，不汲汲营营于当世。名利富贵于他来说，不过是长安城的一缕风，吹拂而过，片叶不曾沾身。他倾情自然风景，他不要辜负天地山水，错过清风朗月，没有什么可以挡住他的脚步。

殊不知陌路辗转，无奈与许翁失之交臂，满怀失落的李白来到西干山麓的一个酒肆，临窗远望，但见一幅素笺浓墨的徽山烟水画卷，堤岸翠陌，野渡舟横，练水连着长空，他撷拾满眼风景，心骤然间惊喜。景秀情浓间，酣歌纵酒，赏景赋诗，他不再是个惆

怅客。

这是一段欢愉的际遇，婉丽宜人之景让李白遣愁索笑，他饱蘸一份灼灼的情感，心与景融会之际，即兴留诗，风景经他演绎之后便有了大快朵颐的风华，让人读来竟升腾起莫可名状的浮生快意。不事雕琢的风景不曾老去地再现在我的眼前，许久，才感觉到自己真实的存在。我凝望，贯注，一任思潮奔放流泻，蓬勃无边。

暮霭渐次散开，前尘影事如轻烟般浮沉，一时间时移境换，竟千载已过，酒肆不在，古道不在。边门上方的赭色"六水回澜"，笔致悠悠，顿生烟空阔远的感觉，不经意演绎着红尘陌上的潮起潮落，不是世人解不开心结，而是岁月的痕迹已模糊了曾经的梦想；又或者逝水微澜，人生的变数一如流年的跌宕，不愿去提及，唯一能做的，是在似水的流溢里，给生命一个最可能的完美的衔接。

蕴一缕清幽雅致的情思，让心底铺就袅袅的畅适，把充盈眉头的感动交付给太白楼。我放慢我的步履，生怕侵扰一楼风月的空灵隽永，隔着邈远漫长的光阴，以朝觐的姿态，用心品酌每一个角落。阑珊深处似有低低的耳语，我虔诚地感受到一份永恒的传递，直抵入心。良久，我沉默无语，任由寸心被细细浸润。在这场与太白楼的交契缘会中，我不知道是我寄情于斯，还是太白楼洞穿了我的意象，让我在旦夕之间出落得如此淡泊温静。

兀自流连，听太白楼叙平生的聚散，这幕场景，没有时间和空间的束缚，更没有丝毫的遥隔。其实不需要怎样的言语，每一件物什，老旧中透着记忆；每一方记事碑，一笔一画都是故事。虽然寥落间已沦为陈迹，殊不知顺延某个细枝末节，便可寻见初时模样。

天井之上是迟暮的天空，那况味如同回溯到旧时光里，有一种惊动光景的担心，想要看清，奈何视线触不可及；想要走近，奈何被光线遮了又遮。尽管很多东西再回不到从前，可我庆幸，在经历过世事纷扰，见惯了悲欢离合之后，我居然还能拥有一份清醒和明澈。

昔日的赏心乐事收束于一楼风月，得诗意诗境的滋养，我俨然在李白的诗行间行走，赏阅一份飘逸若仙的诗韵，感受诗人落拓豪迈的风骨。李白有骄傲的资本，他要肆意挥霍他的激昂和才华，他凌空而飞，穿透云层，直冲最高的天空，即便多年以后，他亦无愧于诗仙的荣光。后人在他的诗作里总能掘出对待生活的一份了悟，学会把心事交给自然风物，将山水放逐成如歌的行板，让一份份远离生活的美好复归。

我的思绪填满空阁，就在我有感可触发，有情可喟叹之时，天已昏黑。那日，一定也是这样夜色渐起，李白醉卧酒肆，酣梦初醒后，已是酒阑人散。微醺的他站在酒肆的廊檐榭下，风扯衣襟，满袖鼓起，月光洒在他的面庞上，面对碧波粼粼搅动月色，他细腻纤柔地吟诵："槛外一条溪，几回流碎月。"月光下的李白思如泉涌，迸发而出的情感化作诗行，他不再

是追逐飘零的狂客浪子。

　　路上无论多少风景,又怎敌碎月滩边的一抹月色!流岚缥缈,波光璀璨,月光将夜色洗涤得华美且纤尘不染,此时的李白是依水揽月的"谪仙人",婆娑弄影,吟风作诗。在月光的映照下,他举起浸月之樽,以山水佐酒,用诗情调和,独酌这兑了皎然清辉的金浆玉醴。他用浓烈的情感精心熬煮,直抒胸臆的真率不沾丝毫世味,酿就了炫目耀眼的月下芳华,即便隔了千年,飘香的诗句依旧沾唇便醉。

　　月斜人静,一地碎影,今晚的月光似是故人,重聚于旧日熟悉的气氛里。我抬头,月似当时,自是一番别样的安好。月波剔透纯净,度我一份性灵神韵,我借着月光低吟浅酌,在由此到彼的过程中,将一行行诗句小心地翻检晾晒。就这样,顺应着文字的脉络,与李白互诉心音,或掬上一缕月色,唯他是念。虽远隔了千年,仍可以和李白吟游在同一轮月下,将一页澄辉铺就的纸洒满诗风诗韵;仍可以在水月之湄,明净地对望,饮尽千盏月光,续演柔肠百转的诗酒人生。

　　悠邈飘然的意境尽收李白笔下,瞬息已成千古,只是隔了千年的月是否空了谁的等待?我若有所失,又若有所悟。多少年来,数不清的人来到太白楼,在满楼风月满楼诗情里寻觅诗仙的身影。多少年后,放下时间的卷帘,一窗碎月犹自安谧,而我,又何须担忧风月的损失!

注:太白楼位于歙县城西练江边,太平桥西端,背靠山峦。相传这里原是一个酒肆,唐代诗仙李白来歙访隐士许宣平不遇,曾在这里饮酒,后人为纪念李白,特将酒肆改名为"太白楼",将太平桥之下练水中的一片浅滩取名为"碎月滩"。此楼始建于隋末唐初,现存房屋乃明清所重建,内有楹联"四壁云山开醉眼,一楼风月话诗仙"。

闲看庭前花开花落

水墨·倾城

陶令黄花约，回归故园心
—— 篱下菊开

（一）徽州黄菊

　　篱下菊花盈满枝头，妥帖地顺着山势蔓延而去，不动声色地为村落人家注入无边的雅色，点缀着徽州的秋。寂寥的时节不再徒添一份怅惘，倘若循着阡陌纵横的田园篱落走下去，便遁入一种悠然的境界。风尘仆仆的未归客，心灵被攫住般地归于平静，散淡的花香涤滤尘心，舒襟畅怀地拥抱这方乐土。

　　潜在陶令的诗文中，那遍植菊花的场景忽而呈现，菊花极尽清逸之姿地盛开，古老的徽州大地蕴藏着经久不衰的清新雅淡。绕篱的繁花，带动着脚下的路，不经意踏上到达心岸的忘我之境；绕舍的菊丛，淡然自若地度尽芳姿，渴望抵达的三径，就这样不期而至。

　　久久地凝视着，徽菊盛景彰显一派田园情怀，让人不由得敞开心扉，没有任何负担地融入其中，脚步不疾不徐，顺应着自然闲逸的林间乡野，走过庭院山郭，心不再辗转流徙。这样的一份坦然往日未曾有过，疑是步入陶令的东篱，眼前绽放的黄花，分明漾动着极不寻常的娴雅；疑是来到眷恋着的故园，一种熟识涌现，让我羁鸟样地停落，忘记了自身的存在。

　　一轴水墨作渡，引我而入田园深处，随即而来的是发自内心的赏识，渐行渐美的黄菊铺展而来。我似探寻到陶令遁迹的萍踪，重温诗行里的情节，许时光无恙地停留下来，年年相似的花开好景，让整个徽州装帧入陶诗的意境里。没有世俗纷扰，逍遥率性地重返自然，遂忘情于这场花事，在无涯的陌上踏诗游弋。

　　挨着连着的菊花向我簇拥挤来，悉数驱散秋的萧索，枝枝蔓蔓瞬间把整个人填满。

菊黄遍野的繁盛，浓烈而蓬勃地随山蜿蜒，灿黄的花海随波喷涌，让我欲罢不能地泛游其中。似寻觅许久的怀抱，真切地感受到广袤的胸襟，以及无限的慰藉，就此收住脚步把自己搁浅；潋滟的花色漾起清冽的明澈，滤我万千凡事，解我羁愁缕缕，一泻无余地展露出最本真的情感。

　　徐缓地行走在循环往复的陶诗里，纵享一季菊开的光景。未尽的深意，情真景真地尽皆涌现，亲昵的感觉似能触摸得到。诗境隽美，格调闲雅，渐趋而入离自己初心最近的地方。满盈盈的黄花，与村落民居构筑成幽独明净的梦乡，让徽州淡如止水，清旷、幽远、素净……

　　自顾自地冥思，犹如读后掩卷寻访，不经意地在篱畔与一段诗相遇，跃然而出朵

朵的风雅。此时的徽州脱俗悦人，承袭着陶令的笔墨，菊花在文字的光影里摇曳，越发惹我乘兴低吟。一抹抹的金黄，泅染着水墨徽州，能感受到光阴的静流，亦让徽州的性情，宁静从容如花开。

超然物外的风光被持久地记载了下来，一行一行用浓墨进行着描绘，菊花生生不息地开在其间。繁花锦簇的徽州，留存在静美的古时光里，亘久未变，一如陶令隐逸的文风，清旷高远，风烟俱净，直抵内心。

气韵高雅的菊姿洁净如妆，将我映衬得越发心澄境明，让心情何其舒畅和放达！曼妙轻姿沁透周身，浅浅地欢喜着，生出轻灵怡悦的快意。如遇见了生命之花，身泊异乡的我得到前所未有的安然，仿若不曾有过这样的美好。

此时村户安静，一副平淡闲趣的世俗情态，我彻底放松自己，卸下所有的尘念。异地他乡的菊圃深处，有一隅属于我的方寸之地，让我恬淡如菊地安放一颗素心。一切尽在秋水长天下无言的静穆中，似觅得远离多年的家园，欲以一身荣华换取一世清简。菊海纯洁了天空，与其一起游走，轻若风儿过，淡若浮云飘。自在的畅适让我胸藏丘壑，不由得心中豁然开朗，看开了红尘过往，不遮不掩地坦露出未经世故的本真。

世人都有块修篱种菊的心地，不是生存的耕植，只需一份没有任何负累的踏实安定；不是隔绝喧嚣的消沉，而是自辟一片净土，来涵养心性。有菊相陪，看一篱花开，放眼皆是风情自来的田园诗。淡泊恬适的栖息之所，养得胸中一片清净，是每个归隐者的家园。徽州的菊蔓延一秋，却历久弥盛在心田，妙景和心境相契相合，令人不由得舒神静性，杂念皆无。

顺着疏篱幽径，进入无人看管的菊园，密密匝匝的压枝繁菊似解我意，缄默无言地恣意怒放。本就静而不争，自是不会取悦于人，盈园的菊花聚蓄着山野的气息，摒除所有的浮华矫饰。与菊并肩坐在田埂上，低头，凑近，轻嗅眼前花散发出的沁人的气味。缕缕清香透骨，掩住尘世烟火的味道，感觉整个人被收摄进去，一起归入明净透明的秋水。

天高，云淡，秋风不燥，很久很久，就这样憩于鲜馥的天地里。青枝，碧叶，花开正欢，似阔别已久的挚友，生出共通的情愫。忽惊觉，此番良景分明是回到吾乡，重返熟悉的故园家邦。远游的遐思被找回，一种阅尽人事的自若和泰然，一种风云已过的舒适和宁和，让心自安。

深山隐林间的菊丛人家，每一处风物都让人魂牵梦萦，羁旅漂泊的人在这里找到归宿。抬眼望去花影重重，山川村野不再寂寥，幽雅绝非鄙俗地保持着原来的样子。我步履轻飘，感受不到秋气的凉薄，尽情释放满怀的乡愁别怨，直至夕阳斜斜地照下来，迟暮掩映下的风景如故，契合着我凝结于胸的最缱绻的情感。

层层山峦很快遮住夕阳，暮色消淡，一时间被笼上了秋夜的明洁。秋风渐凉，夜露渐浓，传来阵阵蛩声。满耳的秋萧唧唧，不停歇地乱鸣，惹我生出些许的冷。夜半更深处，凉露沾湿裙裾，周遭霜华渐生。浓霜重露下，一抹菊香鬓影，似乎就在不远处对我含笑嫣然。其披着浓厚的凉月光，昂首迎风伫立，天成的丽质不因凌寒失了风华。

愈经风霜的历练，花色愈雅洁，修得坚贞之操，亦愿这样冷寂地绽放。孤芳自持的仪态让静静的村野清隽隐逸，不屑世人的知与不知，淬炼出铮铮然的风骨，直透肝胆。倔强地迎寒，不争宠邀媚，满腔睥睨尘世的傲气；顽强地顶霜，不屈尊俯就，以孤高绝俗的英姿，独霸秋的风光。

细数低槛处的菊朵，凝着夜露，覆着白霜，被月光如镜般地临花照影。空明浸着清寒，不被浮世束缚，没有琐事缠绕，活出自己的风月。欢腾的花事给寒宵增添生趣，受此情绪感染，傲霜枝俨然在我生命的枝头伸展，不屈不挠地怒放开来。

一路向寒，清凌的月光不邀自来相伴，飒飒夜风不时四起，无可抵挡地拂过我的脸颊。掸去鬓上繁霜方知秋浓，衣衫单薄的我寒意顿生，惊觉自己尚未添衣。后悔没有携酒而来，与菊对饮，驱我此时所有的寒凉，解我此刻难耐的寂寥。

这分明是陶家的东篱菊，此起彼伏的蛩鸣佐乐，摇曳翩翩的菊花侑酒，再有点点疏星入盏。月似当年，趁攀升当空之际，浅饮独酌，与菊寒暄叙旧，吟上一阕往日清词。虽是虚设的情景，却让我有一种酒醒梦回的真实，恰似触动我婉约的诗情，再现迷离深邃的邈想境况……

（二）徽州贡菊

三三两两的村人在采摘鲜菊，露洗霜染过的徽州贡菊，散发着清透的皎洁。花繁聚簇，素白无瑕，汲取徽州天地之灵气，收纳山野日月之精华。贡菊昂首吐蕊，虽生于村圃陌上，仍泰然自若，不失其格高韵远的风度。

崇尚隐逸的徽州人，重演着陶诗里的生活，在绵亘逶迤的深山广植菊花。金竹村的先人安家落户于山坡上，想来他们早已看清世态浇薄，只为觅得一处避世之所修篱种菊。可以像浮云一样自在往返于群山间，能感觉到心胸的豁然，以及呼吸的畅快；可以在炊烟缭绕的篱畔，细

数今日又开了几朵菊，能真实地触摸到天地间的幽静……

  四壁青山如屏，直入云端的梯云人家与外界不相往来，沿袭着一代又一代谋生的耕植生活。栖隐在这样的山村，倚着门槛俯视，不觉间把凡尘看得如此清楚。村落风物淳朴自然，只一眼，便打捞出清浅岁月的安宁。村人顺随心性，有山的稳健做依靠，与菊为伴而不染车马喧嚣，让生活如斯陶然。

  依着山势盘旋而上的梯田花埂，交织出恢宏而磅礴的气势。霜色裹着的贡菊洁白清新，赋予漫山的盛景，遍野的繁花绽放出一种极致之美。流宕起伏的花海似一幅天然雪景，把人深深地吸引住，让人瞬息忘记世俗的一切。此时我只想保持缄默，所有的情思付诸其间，一任时光在脚下生根，而不愿抽身离去。

似锦的繁菊凝如积雪，一片清净天地，寸心恰似被缓缓浸润，整个人明朗通透。目之所及，皆是宠辱不惊的清姿淡容，一眼望去，纤尘不染更胜雪，敬畏之心油然而生。这片殊胜的净土，闪耀着熠熠的光芒和纯粹的本质，满足了我所有的期待。我虔诚地默视着苍穹，花海簇拥着点点村舍，离得很近，完全是淡远清空的前生遗梦，完全是皈依故园的今世所盼。

贡菊素洁的白让篱内如一片清幽，轻易流入内心最柔软的角落，让我固守本心，澄澈如许。风拂过，一抹笑抑制不住地弯上嘴角，情不自禁地在菊丛的簇拥下翩然起舞。我一袭白色衣袂，缥缈灵动地放飞田间，荡漾起层叠的涟漪，更随性更洒脱地放松自己。当抵达岭头上时，满山的贡菊因着自然的恩赐，焕发出旺盛的活力。契合得天独厚的生长环境，雪白的花瓣释放出来的干净和圣洁直撼人心，升腾而起的浩然之气充塞于徽州大地。雄浑简朴的金竹岭，凝集着凛然不可侵犯的庄严，凌云而起的豪情恣意纵横，毫无保留地释放出来。

蹚过万千菊景，独览岭上风光，与生俱来的从容和淡定，让徽州更显清丽锦绣。我与这片景致心有灵犀，产生共鸣，触碰到最初的文化本味。天地悠悠，我在岭头独钓寒菊，抵御住漫漫浮尘的侵扰，心念随之平息，守候安于岁月的静美。

菊朵凝聚了高山的空灵纯净，一朵朵开得正好，独具的花色简静，于无声中透着清冽。

即便不用争什么，徽菊的名声众人周知，处山乡僻野，亦不失雅。的确如此，纵是没有任何的附和，品位却高，不落俗的内涵早已深入其中。徽州人用竹簟将鲜菊阴置晾干，而后烘烤成干菊，长久地储藏起来。相传，当年徽菊因治愈了眼疾而名扬京城，曾作为贡品被年年进献，故被尊称为"贡菊"。

抑或，正是因为远离闹市之所，贡菊在清寂的时光中磨砺得越发高洁，直清净肺腑。其高雅洁身的个性，更是赢得了儒生诗客们的钟爱，它们志高行洁，独自芬芳。我忍不住采菊几束，欲带回养于瓶中，供于明月临窗的桌上，给清居添上一丝雅趣。

花枝散发的香气萦绕指尖，我自顾自地采撷，小心地捧起数枝菊。忽然飘过声声清歌，不知什么时候，一个着素色衣衫的女孩就在不远处，轻唱着古老的歌谣。早就听闻这样的光景，我只觉一身轻，再无顾忌和束缚挂在心间，好像回到年少无牵无挂的日子。劳作的女孩停下摘菊的手，轻抚发梢对我会意地一笑，稚气未脱的笑靥犹生花般，让人顿感拂去所有的风霜。

怀抱着花束嫣然而归，悉数插到西窗边，赏之，完全是不容亵渎的玉洁仙姿。这清雅之物驱散尘秽，濯洗每一个角落，让一室朗彻。我静默无语，在四方的屋子中禅坐一角，菊香袅袅弥漫，经不起翻阅的往事纷纷涌出。曾几何时，自以为看透浮生，碌碌无为地荒度光阴。在这至净至洁之物的浸润下，倾听自己内心的独白，远离的梦想被唤醒。

翩跹思绪缥缈不宁，泛起万般情愫。初升的寒月清辉四洒，流泻入西窗，桌几上弥漫着澄澈的光芒。映照下的贡菊带着华美的色泽，孤傲独立地舒展着，让人与之亲近不得。萦绕的清芳，将胸中的怅惘烦乱拂拭，于此意境修炼自己的心性。清宵寒夜，一剪菊影，足以让辗转半生的我冷静下来，就着微光规划着人生待续的情节。

伴我度过数个寂寥长夜后，菊朵日渐风干，枯萎了犹在枝头，没有丝毫衰颓之意。月光依然斜映着西窗，这幕不凋不落的场景，再挥之不去。芳蕊宁可在枝上老去，守着坚不可摧的清节清操，也绝不混迹他处，与流俗为伍。一刹那，迸发出多年的夙愿，生活的牵绊再多，我自不负当年的诺言……

（三）婺源皇菊

赴一场故约，赶来的时候扬起尘烟几许，隔得越近，催生出的乡愁越浓。是离开得太久了？何其熟悉的场景，生怕随着时光慢慢消退。是犹恐相逢在梦中？那旧年的故识，反复出现在辗转不寐的夜里。

依山傍水的村落，总有溪水穿村而过，漾着几分小女儿的灵韵。枕水人家，几缕炊烟，应时的皇菊饱满明媚地盛开，不动声色，让人心动。光阴仿若倒流，返回到了陶令的诗行，回归到山水田园中去。如此赏心乐事，当来到婺源时，瞬间便读懂了一切。

处在樊笼中太久了，再见熟识的旧时风物，一如初始的美好。一路飘香，好久没有嗅到这无比亲切的气味了，浅浅的喜悦挂在眉弯。年年若此，今又花开，开得比往年还要好看。似从一张陈年的纸笺间殷殷绽放，让水墨徽州如传世的一阕词、一轴画。时光沉淀下的民居，不经意流露出遗世的儒雅和修养。陌上添花，将其装扮得朴素简净，满足人们对归隐的向往。此去经年的光景，循着菊香寻隐者们，找到心灵的休憩之地。山径篱落旁的皇菊，兀自孤傲地开放，绝不趋炎附势地谄媚。正因为坚守着一份崇高和率真，其具有幽独淡雅的气质，这是逸士的品行，亦是徽州人的襟怀。

不知是我太过念旧，还是秋菊善解意，重游婺源，彼此了然于心。皇菊形如绣球，片片花瓣层层密密地抱成一团，惹来无数流连不歇的目光。天人合一的自然环境下，簇簇皇菊从容不迫地保持着翩然神韵，不受世俗羁绊打扰。实有幸与其结为挚友，放下烦恼之事，自得其乐地回归本色。

时常反复翻起的梦境里，绕篱的秋菊花团锦簇，构筑了陶诗中归隐者的家园。当年商客们回到家乡，不再留恋过往的风光，效仿陶翁避世归隐。奔波半世，商海浮沉，心早已疲惫倦怠，耕植种菊才是最向往的生活。昨日的繁华不过如梦一场，俯下身闲赏几株菊，养成平常的心态，才是人生美妙的事情。

投宿的这户人家，女主人采摘鲜嫩的皇菊熬煮菊花粥，她静享生活的姿态，让我心向往之。接过一碗菊花粥，那经过烹煮的米粒充分吸收菊的气味，绵滑入口，浸漫着清香。布衣素食，日落而息，喜欢这样的烟火日子。顿悟陶翁归隐忘返之追求，是

一种境界，一种释怀。他心静无恙地泊在田园，静观花开叶落，以独醒于世的情怀找到精神的归宿，开创了归隐之风。

随女主人翻越两座大山，来到山坞处，见到了坞里遍地的金丝皇菊。秋日的阳光和煦柔美，流金般倾洒融融的安暖，光晕包裹下的金丝皇菊一片淡黄，向着眼底清澈地漫散开来。那一刻，我的心情明亮灿然，欲语已忘言，亦是明白其缘何被称为"菊中之皇"。恍然间，摇曳的金丝皇菊似婀娜的美人，容光极尽高贵典雅，其花瓣细密有力地伸展着，如同丝丝缕缕绾结入鬓，美妙绝伦的模样自是配得上"帝女花"的别称。像极了女主人，不沾世味的修饰，不染风尘的性情，一直露着恬淡富足的微笑。

在一个午后，憩息中的我闻到隐隐幽香，环顾找寻，但见厅堂放着一盏冒着热气

的茶。金丝皇菊入盏，明润剔透中，亦如花开时的模样。定是女主人为我泡制的，多日来款款相待，让我心存感激。整朵的金丝皇菊恰到好处地舒展在杯盏中，逐渐转至鲜艳，不矫不饰的芳华再现。菊香袅绕，清新宜人，携其在山坳的自然气息，释放在这一刻。

茶汤清朗通透，金丝皇菊活色生香地曼舞其间，摇曳着美轮美奂的花容。所有的杂念被涤荡净尽，沉淀下来的心境被浸润得澄莹清亮。呷一口，乍觉微苦又略甘，渐而香，齿颊间溢出芬芳之气。阅尽世间百味后，那些经历过的旧事，轻轻地漫过心头。续上已凉的茶，独自畅饮，两三盏后，把一切看透看淡。曾经的奔波忙碌在沉浮间释然，以往的是非恩怨在起落中坦荡，最终化作如烟氤氲的过往。

啜品金丝皇菊，杯盏袅升着山野风露的鲜馥，徐徐散发而出。冲瀹的花朵飘逸出尘，茶味鲜洁怡人，让我体悟到一室澄澈空明的禅境。竹榻斜卧，清心悦神地手捧一卷书，与对味的挚友融合一体。茶润心泉，文思涌流，写下一段沾染清香的文字。客居他乡的我被馈以这般甘美，品尝的同时，有着视觉和精神上的愉悦，已与其结下终生的不解之缘。

女主人以菊待客，未等我说出感谢的话语，她便借故转身，直到我离开，终究还是没有给我一个机会。仿佛我这个远行客，不是暂寄客栈，而是宿命般回到生养我的故园。如温一场旧梦，飞檐黛瓦的老屋，随手折枝的菊丛，莫名产生一种亲近。这么久，我从未走远，只是被生活羁绊了脚步，再次来到这里已是不惑之年而已。

古老的徽州在经历过千年的风霜后，秉持自身独特的隐士情怀，篱外栏边菊朵攒簇，是徽州人真实生活的写照。徽州人追求本性，将内心寄情于乡野田园的躬耕之乐，在天成的自然园林间，安放自己的闲雅风致。虽风雨飒然，精神上得到的宽慰和旷达，足以抵挡住任何的凛冽。枝繁叶茂的菊花开满如墨的山水，在醇厚文化的熏陶下，徽州还是原来的样子，依然保持着隽秀和清芬……

年复一年的菊开，刷新了旧时光，徽州的故事还在继续……

注：徽州贡菊，在古代被作为贡品献给皇帝，故名"贡菊"，主产区在歙县金竹村一带，农户广植菊花。将鲜菊采下后，先用竹箪阴置晾干，然后用炭火悉心烘烤，成品后的贡菊以朵大色白者为佳。婺源皇菊是一种药食同源的花，同样具备菊花的药理功效。泡在沸水中的皇菊，形如绣球，色如黄金，如枝上菊般鲜活。金丝皇菊，整朵放于杯中，冲入滚水，朵大色鲜地摇曳于水中，茶汤通透清澈，菊朵完整秀雅。品菊、赏菊是徽州人的休闲生活之一。

水墨·倾城

秋满蓼屿荻洲，隐映粉墙黛瓦
—— 拂动的荻花

斜阳余晖下，山野一片静寂，秋景莫名引发戚戚然的凄惘。逆着溪流而上，历经山重水复，暮霭渐浓，脚步不由得缓慢许多。放松疲惫的身躯，屏息凝望着前方，目光殷切地找寻。我不知道自己在祈盼什么，当见到水蓼穗红，荻花飞舞时，我不由得甚喜。似被召唤，久违而亲切，暖暖的温热漫上心头，我知道村落就在不远处。

多少年了，村落水口的风光依然恬淡疏静，眼前的晚景图早已定格在记忆里。蓼屿荻洲，亭榭牌坊，几株古树葱茏旺盛，几朵暮云印在水面上，柔波倒影清晰可见。落日的光芒尽染每一处，久远的陈年旧迹在浮光掠影中深邃而凝重，在应季风景的映衬下，却又不觉岁月的沧桑。任年代更替仍静默地守护于村口，在途经的路边，等候离人的归来。

古徽州千年的遗韵随暮色越发浓厚，一切似都静止，一切并不遥远。夕照里的荻花，一簇簇素面朝天，随风向一边拂动，一如最初相见时般美好。荻花生在荒僻之地，不经意便被遗忘在一隅，但当出现在旅人的视野里时，偏生出言语难尽的故土情怀。于我而言，踏上归程寻故，那一抹素白捕捉住我蚀骨的相思，能感受到滑过心头的点点温情，整个人不再怅然若失。

我是暮归的倦客，遥不可及的故景真实呈现，荻花仿佛与生俱来便在其中，悄无声息地生长，悄无声息地开花，亦自成风景。日落之际的荻花添了金黄的光晕，花影婆娑，分外夺目，顾盼生辉地流露出脉脉深情，牵动故人心头柔软的情思。夙愿得偿的欣喜一直浅浅地漾在脸庞上，我情不自禁地靠近，荻花拂面，轻软而不乏柔和，这

水墨·倾城

样的温存让人沉迷不已。

  荻花摇曳着曼妙风姿，飘荡出悠长无尽的古老诗意，营造出浪漫美妙的境界。恍惚迷离间，荻花宛若不施脂粉的伊人着白色羽裳，淡雅轻盈地临风而舞。其姿态空灵飘逸，翩然若仙地凌空翻覆，丝丝络络的裙裾随之摇摆，流光飞舞，动作自然流畅，散发着独特的气韵。最是那姿媚矫健的模样，让我的倾慕之情跃然而出，一发不可收地沉醉不醒。不觉已微醺，与袅袅婷婷的荻花幽会，下意识地伸手抚摸，一缕白衣鬓影转眼消失得无踪无迹……

  无法说清楚，其实，又何须言尽？一任自己游离其间。在这白露时节，荻花经秋露的润泽，越发出落得纯真清丽。一刹那的相望就能窥视到底，彼此没有距离，如故友般熟稔。荻花俯首低眉，莞尔地迎合着我，亲昵而不失温婉；其迎风招展，舞动出最美的风雅，有《诗经》的味道，余韵悠悠，惹我满心欢喜着。

夕阳迟迟没有西下，晚霞绚丽又烂漫，向大地蔓延着缥缈的色彩。荻花披一身的霞光，周边被染成胭脂色，偶有扇动翅膀返巢的鸟儿飞过，烘托出一幕岁月静好的场景。荻丛深处隐映着粉墙黛瓦，透露出的徽州风情令我神往。荻花飘飞，无数芊芊的线条随之起伏，一缕缕莫名的惆怅轻轻缠绕心头。

日光徐徐下沉，一地凄迷，苍茫的微亮让周遭看上去有些凉薄，但没有寒意。蓼荻丛中，轻烟朦胧，一番光阴的静谧。荻花总是随意长之，不曾刻意移植，没有悉心打理，似乎永远出现在回乡的故园。夕阳将落未落，余晖仍未退去，风摇荻动，迟暮的景色滋生出难舍的眷恋。秋风忽而连连掀起荻花，似在回应我心中早已泛起的那酸涩而浓烈的乡愁。

是斜晖映照的溪涧？是临水而建的廊桥？是无声拂动的荻花？瞬间的场景，却是埋藏多年的记忆，不知怎的便触动最柔软的情愫，让我无端地泪涌。待夕阳西下，只想独享这份清净的孤寂，让自己完全归属进去。村口暮景韵味深长，虽行囊在身，但一景一物没有丝毫疏离和隔阂。许久没有这种熟悉的感觉了，无法抗拒地在周身恣意蔓延，而又直抵心灵。

深暮的恬静，让我领略到千年岁月沉淀下来的一份淡泊，无法排遣的思念，在这片安好中得到缓解。迟暮的景致氤氲着流年的光影，看上去像张泛黄的老照片，惊觉光阴的流逝，却从未曾改变过。质朴素淡的荻花更显含蓄，风吹萧萧，远离喧闹而不觉荒芜。随风起伏的律动，反而让黄昏凸显出一种纯粹的静美。我凝然不动，不是在赏景，而是在细细品咂遗失太久的乡情。

黄昏这支笔在试墨之浓淡，笔触所及，所有风物的影子被拉长，无一被拒之其外。远山浓墨浸染，近景淡墨横扫，荻花被遗漏般地着墨不多，逆光暗影仍难掩其婀娜的美感。看似随意挥洒，实则尽数把握，细微入画，笔墨平淡苍郁。如此笃定，如此古朴，画景意境在这一刻凝固，让我犹入禅定境静的状态，有一种地老天荒的永恒。欲将心事付诸，此时的光景是最好的慰藉，断肠人再没有无休止的离愁。

霎时间，天色昏暗下来，万物随浅淡的光影开始变得模糊起来。残霞弥散开来，

暮色延伸到水口林，老树遮住最后一抹光亮。薄薄的烟霭轻覆荻花，更加温秀动人，我不舍收回目光，萌生出的依恋挥之不去。夜幕黯淡地垂下，敛去水口所有风物，荻花伊人般掩面伫立于水畔，直至被遮蔽在最深的角落。一切都静止了……

夜色聚拢而来，晚风伴着秋寒，不停地催促着我加快步伐，向村落深深处走去。

注：荻花，徽州村落的河畔、溪滩、路边常见。粉墙黛瓦，荻花拂动，给回归的离人平添一份深深的故园情，极富感染力。

水墨·倾城

纷华敛尽伴耕耘，岩谷深藏冶媚熏
——檐角梅影

（一）梅蕊繁华

刚进腊月，初雪便飘飘洒洒地落了下来，雪花蹁跹飞旋。我默默地持着一份执念，循着通往胜景的幽径，一路探梅而来。寒冬的凉意中，隐有暗香袭来，我欣喜着放眼环顾。不远处，萧索的陌上立着几株梅树，一树树的点点花苞。经白雪的滋润，偶有几朵初绽的梅花，吐露出鲜妍的花色。有梅引路，我没有费太多周折，便登上了金佛山。

沿途山泉落涧，声声流入心径，滤去纷扰杂乱，顿觉心情舒畅。山巅之上一片平壤，寒梅琼枝，花影繁华，让人得以一睹古梅成林。我这个观梅客，仿佛移步被清空的诗行中，置身超逸绝尘的意境。很多年了，从没有遇上比这更洁净的一隅天地，重现年少时那般澄澈的情怀。我悄然凝伫，任雪花纷飞，轻覆枝头梅朵，犹如画梅的笔墨轻点，三五朵无声地洇开；欲去幽深处赏梅，却又不忍挪动脚步，怕惊动咫尺之遥的老梅，扰了其冰清玉润的神韵。

史料记载，金佛山原有古刹两座，自唐宋以来灯烟缕缕不绝，在徽州民间享有盛名。时光荏苒，金佛古刹毁坏殆尽，香客不再。无声飘落的洁白雪絮，遮蔽住颓败荒凉的景象，也掩去了昔日庙宇的辉煌与繁盛。我试图找到曾经的一点根脉，顺着原址残存的老庙基，比画着寺庙的方位和朝向。用手拂去一层薄雪，露出散落的红石雕刻，雕镂的图案用特殊的语言叙述着过往。不曾改变的，是当年的僧人环庙而植的梅树，保持着旧日风貌，原地不动地花开花落……

由于山下百姓们的虔信，金佛山一度香火兴旺，慕名而来的除了信众，还有众多梅客。在丛林寺院盈耳的晨钟暮鼓中，在众僧参拜唱经的梵韵中，在禅韵悠悠的佛光山色映衬下，满园梅花晶莹灵犀，不惹尘埃。逢烧香礼佛时节，远近四乡的村民相继而来，祈福求安的同时，来此赏梅咏梅。金佛山的梅开在民众的心里，是传春报喜的

吉祥花，更因僧侣们的供养而添了几分冰姿琼骨。

眼前不由得浮现出这样的画面，植梅的沙弥成了老僧，与清癯的梅枝相守为伴。积雪闭门多日，他推开窗，雪霁，梅已开。不需要再焚香，一室暗香浮动，花期愈长愈久愈香。经清香濡染，心境如水通透，不为外界所动摇，就这般避离红尘坐老时光。

曾几何时，金佛寺不见了香烛袅袅，如同一地缤纷的落梅，寂然地被碾作尘土。随着寺庙的衰落，云霭烟雾阻隔了尘世，登山的古道湮没无寻。直至金佛寺杳无声息地消失在众人的记忆里，曾经的盛衰荣辱好像从来没有存在过。深山无人，只有古寺旁的梅树生生不息地繁衍。它们守得住易逝的岁月，禁得住风霜的侵袭，倔强地一年又一年如约盛开。却也正因为如此，长期与世隔绝，一花一朵绝不失傲骨，更有一种高洁冷逸的风致。

我小心翼翼地在老庙基行走，荒山孤梅，古木新枝，飘雪中摇曳着几许禅意。未经修剪的古梅恣意地生长，枝条错乱穿插，花团锦簇，细密缠枝，展现旺盛的生命力。

枯了的老干粗糙而丑陋，饱经沧桑处却新发出两三根枝条，疏枝淡蕊，显露未经改变的自然气质。乱枝虬曲，花开几朵，未经尘世风气，始终一副不可亲近的孤高冷傲，保持着不俗的格调。

古梅绕过光阴的静流，没有被蓄意破坏，安稳地生长。一剪剪寒枝，不畏凌厉风霜，傲然地伸展；一朵朵梅花，缀满横斜的枝干，从容自矜地映雪绽放。老梅与世无争，毫无保留地将自己完全交付出来，不经意出落得越发洁净无瑕，自在随缘是最好的修行。我不再心生万念，放下旧有的成见，莫可名状地参悟到一份真意。借着沾染上的几分出尘神韵，与梅交契相通，在空灵淡宕的禅意中，我好像已经触摸到了金佛山的禅机仙气……

多少人跟我一样，远道而来，踏着漫野弥天的雪花一探芳踪。寻访的途中，我怕忘记尘路，亦怕被瘴雾拦在山外，孰料千株古梅以喜见故人的姿势静候着我。影影绰绰的梅林，似有一个山僧储雪待煮，我迎上前去寻觅。仿佛有过一个约定，刹那间似曾相识的场景让我相信，我和金佛山之间有过一段禅缘。

白雪簌簌而落，铺天盖地地封裹住一切，时光已然凝固，我不敢惊扰这片静谧。虽历经种种无情磨难，可金佛山自有神灵庇佑，远离尘嚣，抵御着世俗的侵犯。溪涧

清泉，水流花开，这座江南梅园，在时光的经卷上留下清远秀逸的笔墨，供世人赏阅。

（二）千花万蕊

每到这个时节，我便听凭一场花事的安排，来到群山环抱中的梅苑。这依山水就势而天成的古徽园林，不须任何的修饰，当把自己投入其间时，心灵亦随之丰盈起来。

这座名园有个清丽委婉的名字，叫卖花渔村，每每念出，只觉是在轻吟浅唱唐宋时期的山水诗，勾勒出诗人们向往的隐逸闲居生活，一派田园民风，周遭漫溢着花香，散发着遮挡不住的蓬勃和生趣。与渔樵为伴，欢聚于雪月梅影下，执壶老酒慢酌，听卖花归来的老农说着市集的趣闻。夜阑人静时，一剪清瘦的梅枝探入窗棂，花瓣飘落在字里行间，抵达韵致高远的诗境……

卖花渔村确也如此，藏在群山沟谷之地，追求皈依自然的"天人合一"。村人过着无忧无虑的淳朴生活，完全纵情山水，是诗行里的理想境界，可谓入木三分地表现出来。只是卖花渔村不以打鱼为生，自唐以来，世代以种花卖花为业。因村形如一条鱼，似缓游在绵亘迤逦的山间，这聚族而居的村落便加其"洪"姓之水。自此，卖花渔村如游鱼得水，兴盛不衰，不觉已逾千年。

经年的故事里，唐僖宗乾符年间，卖花渔村洪氏四世孙洪必信，因喜欢梅花而植梅自悦。据《洪氏世谱》记载，他"嗜书史，善吟咏，

尝于居右建小楼数楹，植梅于前，作梅花百韵以自悦"。这位梅窗雅士，一个人，静赏檐前的梅花，捕捉住此时的梅韵，不时引发出笔墨兴致。寒风清徐，连同远溢而来的幽香漫卷着书页，堆积一案的诗香……

恰是这简单的写照，展示着当年的生活细节，在精心营造的空间里供养着花木，把闲情逸致发挥到极致。有鉴于此，村人受到感染，家家户户种梅植花，村野陌上遍栽梅花。在儒风的熏染下，承袭先人的文化思想，虽是耕耘的布衣平民，在日常劳作中却也注重个人修养。梅于他们来说，不仅是好营生，更是用梅抒一片胸臆，表达自己不俗的襟怀。

置身于依山傍溪的园子，真山野林，石涧流泉，配以粉墙黛瓦，处处入诗入画。前庭后院三五株梅，别出心裁地制作成盆景，苍古老桩横斜出数枝梅朵，意象的创造蕴含着主人的追求。遥望漫山梅海，灿若云霞，绕山自在飘浮，充满文人写意的艺术

手法……任外面的世界几经变化，卖花渔村始终没有繁杂的世味，处处流露着从容和风雅。我陶然忘步，安享这份淡然清欢，就此归隐其间，想来人生再没有憾事。如此看来，渔村则是渔隐之意，远离是非争斗，躲过滚滚尘烟，钓得一份悠然自得。

一旦入苑，即落入了千年的光阴，借着沾染上的几缕寒香，将梅花百韵悉数收尽。寸木生情，绰约梅姿再挥之不去，一点点走近心中的美好。《歙县志》里记载："今邑南浯村所产，凡《梅谱》中所载皆有之。"卖花渔村作为徽梅发源地，可追溯到宋朝，明末发展到鼎盛时期。梅桩盆景是徽派这一盆景流派的代表，方寸之间展现出梅的精髓，也是一代代村人品格的表露。

山蹊野径，田间地头，随意可见村人栽培的花桩。洪氏先人因地制宜，对待农事一般精心侍弄，就着触发的灵感，寓意于梅形。生长在自然环境中的梅桩得天地之气，野趣横生，经过流年的打磨，尽显苍劲和浑厚。先人煞费匠心地修剪施艺，如同诗人对诗句推敲斟酌，巧妙地展示出梅的神采风姿。

成形后移植入盆的梅桩盆景，或老桩古拙槁败，偏横斜逸出旁枝，点缀几朵梅红蓓蕾，整个画面便不再枯寂；或老树鳞隙处生发梅花数朵，疏密有致，得自然之趣，由景及情地演绎出一番诗意；或主干虬枝盘曲，老枝梅蕊交错，不屑随俗地次第傲放，赏来饶有余韵而意蕴无穷……遥想荒寒的隆冬，山中村野一片静寂。亦耕亦读的先人雪夜未寝，虽遁世一隅，生活却亦充满怡然自适的雅兴情趣。天井洒下几片雪花，厅堂陈列的一简洁瓦盆中，梅朵露蕊，冰骨清绝，俨然一轴古风流韵的画卷。不由得诗兴涌动，欲在此画境上题诗，几度吟梅到天明……

古往今来多少读书人的田园梦想在这里，如此随性闲隐，如此自得其乐，向往之情自不待言。赏心悦目的老桩盆景佳品，也贯穿着一个家庭的情感脉络。从幼株开始，需投入数年的工夫，或历经几代人的精心照料，方能养成贵重的古梅。逐年修剪多余的枝条，反复推敲来填补缺枝，酌情屈枝以曲以弯，这般种种，在漫长的岁月里才不会长荒。

游龙式梅桩是村人沿袭至今的传统手工技艺，梅干反复弯曲，向上蜿蜒盘旋地生长。梅花龙桩即便静止不动，也会让人感到其蓄势待发的一股力量，被赋予深远的内涵。定植后的桩景煞是风姿招展，虬曲的龙身遒劲有力，铁骨铮铮，龙爪枝显露于两侧，龙尾枝群翩然舞动，势若游龙般任意驰骋，惟妙惟肖。这样的一对龙桩盆景装扮门庭，梅朵开时如泛起层层云彩，游龙似显似隐地腾跃其间，神韵不落凡俗，亦添了份祥瑞。

天然庭院里万树梅花开，繁花密蕊，满山满岭似披上织锦，令人无法想象地在群山间逶迤。任何一个角度都可随势赏梅，我仿佛站在天畔，仙山云霓翩翩而来，令我心摇神荡不已。迎顾之间，绚丽的花海涌向我的视野，不似真实的人间胜景，我的目光再无处投放。邈思旧

时天气晴好的日子，志趣高雅的先人邀上好友唤酒寻芳，恣情游弋在山间梅林。他们在老树下纵情畅饮，展笺挥墨，吟词作赋，得梅之妙趣。斜阳渐渐西坠，众人不舍散场再次相约，方在暮色中缓缓归去……

　　沿着昔日的醉梅古道而上，梅朵尽染山林，顿时整个人消隐在云幕之中。一树一树纷繁正盛，一扫冬季的萧瑟，梅香中似夹杂着未曾远去的墨香。山径旁密密的梅枝绵延不绝，我被梅花簇拥着向前，旧游的盛况虽杳无影迹，但仍能感受到空中弥散着随兴的味道。尽情徜徉梅丛，簪上几朵，再折上数枝携回瓶插，独享一份惬意。从山顶往下俯览，可见在花丛间休养生息的卖花渔村，自甘淡泊，典雅醇美。村人传承着古老的技艺，继续着安闲的生活，任世事变化，这里永远如此。

　　芬芳如故，逸韵不减，带着经霜雪浸润过的山野性灵，一岭岭梅花开得高洁清静。只是孤芳不自赏，迎来无数的山中客，每一个来过的人都沉迷其中。欢聚一场后，谁也不曾相许什么，片片梅花却依稀落入梦里，捎去春天的气息……

　　注：金佛山，位于休宁县琅斯村境内，海拔688米。自唐宋以来颇负盛名，与西南的齐云山、北依的松萝山交相辉映，蔚为壮观。徽州民间素有"朝齐云、拜金佛，祈福祉、保平安"之习俗。金佛山梅园的梅花品种多，花期长，花群集中，素有"江南第一古梅园"的美誉。卖花渔村，又名"洪岭村"，徽派盆景的发源地，位于歙县城东南7公里，新安江南岸沟谷腹地。唐末洪氏迁居于此，逐渐形成村落。该村花木盆栽形成徽派风格，尤以梅花桩景最为著名。